GUILTY CROWN REQUIEM SCORE

TOKUMA

ギルティクラウン
GUILTY CROWN

レクイエム・スコア
Ⅱ

AUTHOR
ゆうきりん

ILLUSTRATION
redjuice

徳間書店
TOKUMA NOVELS

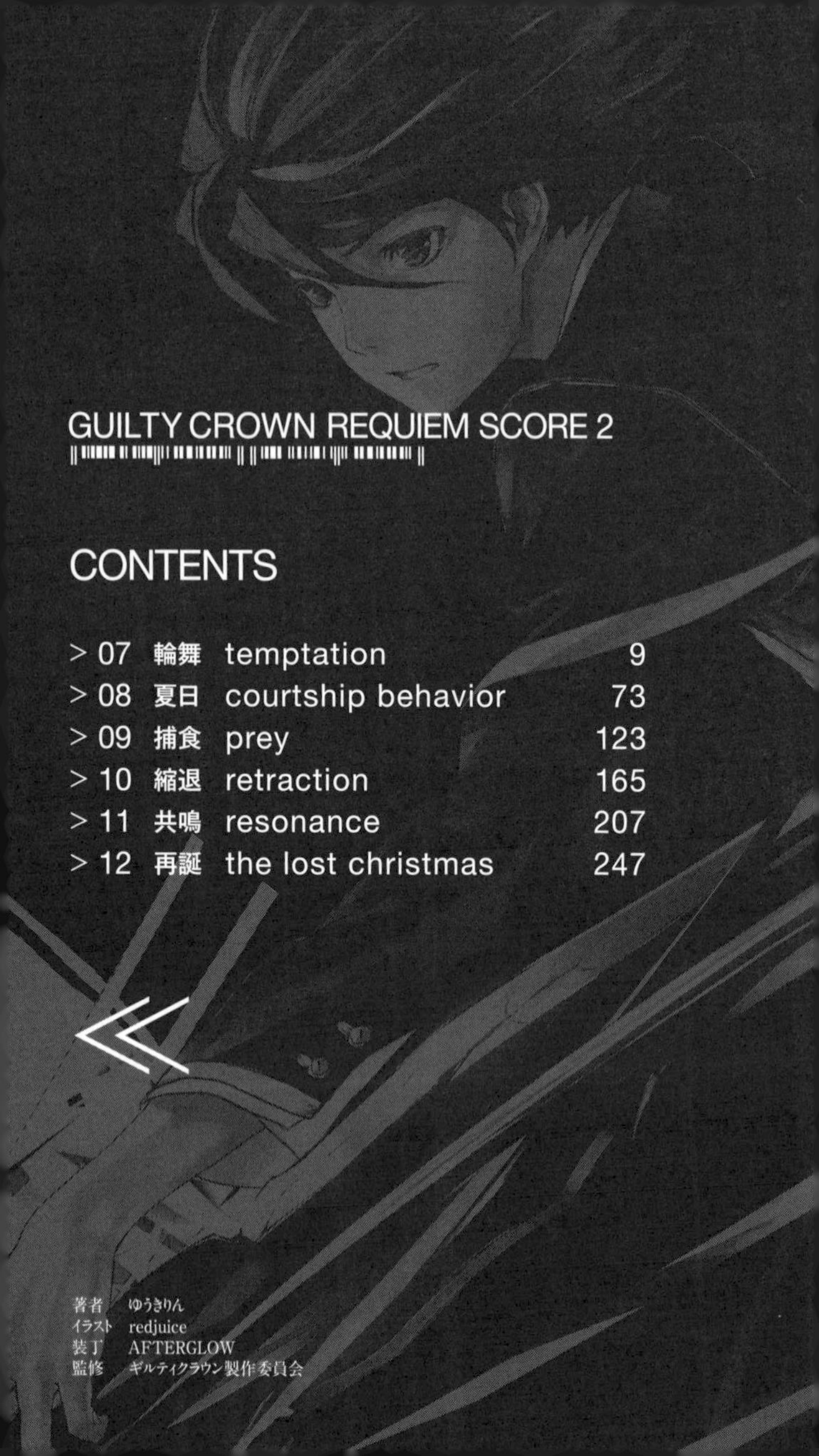

GUILTY CROWN REQUIEM SCORE 2

CONTENTS

著者 ゆうきりん
イラスト redjuice
装丁 AFTERGLOW
監修 ギルティクラウン製作委員会

校条祭 HARE MENJOU

集と同じクラス、同好会所属。
優しい性格で、いつも集の心配をしている。集が好き。

寒川谷尋 YAHIRO SAMUKAWA

集と同じクラス、同好会所属。頭脳明晰、表面では社交的な性格だったが、
集を裏切り失踪。あらゆるものを断ち切る『ハサミ』のヴォイドを持つ。

供奉院 亞里沙 ARISA KUHOUIN

天王洲第一高校の生徒会長の１７歳。供奉院グループの会長の孫娘。高潔な性格。
『盾』をヴォイドに持つ。

魂館颯太 SOUTA TAMADATE

集と同じクラス、同好会。『EGOIST』の大ファン。明るい性格。
あらゆるものを開く『カメラ』のヴォイドを持つ。

草間花音 KANON KUSAMA

集と同じクラスの学級委員長。映研に所属しているが幽霊部員。谷尋の幼なじみ。
祭のよき相談相手。

桜満春夏 HARUKA OUMA

集の母。セフィラゲノミクスの主任研究員。仕事が忙しく月に一度くらいしか帰宅しない。

ダリル・ヤン DARYL YAN

GHQ に所属する１７歳。階級は少尉。父は GHQ 司令長官。わがままな性格。
『万華鏡』のヴォイドを持つ。

嘘界＝ヴァルツ・誠 SEGAI WALTZ MAKOTO

特殊ウィルス災害対策班長。階級は少佐。古い型の携帯電話を愛用。
嘘界にとっては全てがゲーム。

茎道修一郎 SHUICHIROU KEIDOU

特殊ウィルス災害対策局局長。アンチボディズの指揮官。
集の父とは旧知の仲。狂気的な思想の持ち主。

ローワン ROWAN

GHQ に所属、階級は大尉。ダリルのオペレーターや、嘘界の補佐を担当。

CHARACTER
人物紹介

GUILTY CROWN
REQUIEM SCORE

恙神 涯 GAI TSUTSUGAMI
葬儀社のリーダー、１７歳。冷静で行動力があり、組織内で絶対的なカリスマ性を持つ。

ヴォイドの形、能力を見抜く力がある。

桜満 集 SHU OUMA
天王洲第一高校の２年生。現代映像研究同好会に所属する１７歳。
ヴォイドを取りだす《王の力》を持ち、葬儀社の一員として戦う。

楪いのり INORI YUZURIHA
ウェブアーティスト『EGOIST』のボーカル、１６歳。葬儀社の一員でもある。
口数は少なく無表情。集の一番の武器『剣』のヴォイドを持つ。

篠宮綾瀬 AYASE SHINOMIYA
葬儀社の一員、１７歳。優秀なエンドレイヴのパイロット。
普段は車椅子に乗っているが、気が強く腕っ節も強い。涯に淡い恋心を抱いている。

ツグミ TSUGUMI
葬儀社の一員、１４歳。情報処理能力が高い有能なオペレーター。
明るい性格で、誰に対してもタメ口をきく。

四分儀 SHIBUNGI
葬儀社の一員、２７歳。参謀で涯の相談役。冷静沈着。謎が多い。

アルゴ ARUGO
葬儀社の一員、１７歳。ナイフと格闘のプロ。荒々しい性格だが情にもろい一面も。
暗闇になる『ライト』のヴォイドを持つ。

大雲 OOGUMO
葬儀社の一員。銃器や爆発物を扱うプロ。寡黙な大男。

城戸研二 KENJI KIDO
葬儀社の一員。スカイツリーの爆破犯として隔離されていたところ、
葬儀社に救出される。重力を操る『銃』のヴォイドを持つ。

TERM
用語解説
DESCRIPTION

GUILTY CROWN
REQUIEM SCORE

ヴォイドゲノム
セフィラゲノミクス社が開発し、3つだけ製造した「王の能力」をもたらす謎の物質。「王の能力」の使用者は、人間の体から「ヴォイド」と呼ばれる物体を引き出すことができる。

セフィラゲノミクス
GHQやアンチボディズと提携を結んでいる製薬企業。

アポカリプスウィルスの研究やそのワクチンを製造している。

GHQ
ロストクリスマス後、日本の行政権を委譲されたアメリカ軍を中心とした統治組織。

日本に対し、武力介入し事実上の占領をしている。

エンドレイヴ
GHQが所有する、遠隔操作ロボット。

アポカリプスウィルス
ロストクリスマス時に発生した謎のウィルス。

感染者は肌に鱗のようなものが発症し、身体が結晶化してしまう。

アンチボディズ
正式名称、特殊ウィルス災害対策局。

感染者を認定・隔離する独自の権限を持ち、場合によっては現場での殺処分さえも行うため、フォートの住民からは「白服」と怖れられている。

ルーカサイト
対地攻撃衛星。三機の準天頂衛星で構成される衛星コンステレーション。

完成すれば24時間、死角なく常に、上空から日本全土の任意の目標を撃つことができるようになる。それは「ルーカサイト計画」と呼ばれている。

GUILTY CROWN REQUIEM SCORE 2

GUILTY CROWN
REQUIEM SCORE

07 輪舞 temptation

久しぶりに帰ってきた六本木フォートは、恙神涯《つつがみがい》の目にひどく混沌として見えた。

二ヶ月ほど前の戦闘で新たに破壊された建物、焼かれたバラックなどはそのままになっていて、焦げた臭いがまだ残っている。ここに住み着いた連中はただ場所を移動しただけで片付けたりしようとはしない。所詮はここも仮初《かりそめ》の場所だ。住みたくて住んでいるわけではなく、他に行く場所がないからいるだけだ。

住民の多くがアポカリプスウィルスのキャリア——しかもステージの高い——であり、GHQの白服に見つかれば隔離施設に収容され、治療という名の実験体にされかねない人々だ。彼らはその日を生きることに必死であり、住環境について不平を持つ余裕もない。

（しかし、人が増えたな）

暑さに耐えかねて脱いだ黒い背広の上着をポケットに突っ込んだ腕に引っ掛け、同色のネクタイを緩めた涯は、辺りに視線を走らせながらそう思った。

アポカリプスウィルスワクチンの効きが、悪くなっているのかもしれない。

あのワクチンはアポカリプスウィルスの予防及び、感染者については活性を抑える働きがあるだけで、ウィルスそのものを死滅させるわけではない。

ワクチンに対して、ウィルスが進化をしたのか。それとも、何か思惑があって、アンチボディズが、わざと患者のステージを上げているのか。

どちらの可能性も考えられる。

アンチボディズ——特殊ウィルス災害対策局——の局長であり、セフィラゲノミクスの研究員でもあった茎道修一郎《けいどうしゅういちろう》ならば、後者も十分にありえた。

あの男にとっては人間もモルモットも同じだ。平等ともいえるが、目的のためならば手段を選ばないその性格が、アンチボディズの行動にもよく出ている。

極め付けが、あの《ルーカサイト》計画だった。

衛星軌道上から日本のどこであっても十数センチの誤差で狙い撃てる対地攻撃衛星。三機の内、二機は破壊することに成功したが、未《いま》だ、一機が残っている。

表向きは、ウィルスを日本国外に持ち出させないためということになっているが、それにしては行き過ぎた代物《しろもの》だ。

衛星の奪取はならなかったが、二機の衛星とシステムの破壊には成功した。復旧には相応の時間が必要だろう。取りあえず、ここを狙い撃たれる心配はなくなった。

だが——と涯はいつも思う疑問を己《おのれ》に投げかけた——何故、連中はここを放っておく？

葬儀社《そうぎしゃ》のメンバーに関するデータは、約束通りに《ハングマン》——嘘界《せがい》＝ヴァルツ・誠《まこと》少佐が確かにＧＨＱのデータバンクから消去したようだったが、葬儀社自体のデータ

まで、全てが消去されたわけではない。戦闘記録などは当然、残る。

アンチボディズの第二中隊がこの六本木フォートで壊滅したことは、公式の記録として残っているはずであったし、そもそもアンチボディズの公式の任務のひとつが除染であることを考えれば、ここは真っ先に対象になってもおかしくはないのだ。なのに、あの戦闘のあとでもこうして放っておかれることには、何か理由があるとしか思えなかった。

もちろんその理由については探らせているが、幻をつかむようで判然としない、というのが情報戦を担当するツグミの言《げん》だった。公式の記録では、六本木フォート内には生存者はいないことになってはいるが、それが偽りであることは多くの人間が知っている。

（思惑と建前が複雑に入り組みすぎ、誰も手が出せなくなっているのか？　だとしたら、それは俺たちにとっては、神の粋な差配だが――）

涯は足を止め、崩れた教会を見上げた。

二〇二九年、十二月二十四日――《ロストクリスマス》の本当の爆心地。月が欠けるように崩れたステンドグラスの窓を抜けた光が、濁った色で足元を照らす。

（――俺は、神なんか信じない）

眉をひそめ、涯は教会に背を向け、死の臭いの濃い混沌とした街を、地下へと向かった。

「おかえり、涯！」

作戦室の扉が開くなり、いつもの、ぴたりと体にフィットしたオペレーションスーツを着たツグミが飛んできて、ぶつかるように抱きついてきた。藍色の長い髪の頭に装着した、猫の耳のようなデバイスがそれらしく動く。

「んん？」

しがみついたまま、首を傾《かし》げる。

「なんだ？」

「ちょっと汗臭いよ？　涯」

「夏だからな。外は三十度を超えている」

「うっそ！……ふぅん、だからこんなに汗っぽいんだ」

「――だったら離れたら？」

その声に振り返ると、車椅子に乗った、葬儀社のエースオペレーター篠宮綾瀬《しのみやあやせ》が、剣呑《けんのん》な顔つきで涯を――ツグミを睨《にら》んでいた。訓練をしていたのか、綾瀬はオリーブ色のツナギの上半身をはだけ、タンクトップという恰好《かっこう》だった。髪はポニーテールにしてあり、うなじから肩にかけて、うっすらと汗が浮いている。

「……なに？　綾ねえ、やきもち？」

「ばっ――」

綾瀬の顔が赤くなる。車輪をつかんだ腕に力がこもって、二の腕に筋肉が盛り上がる。

涯はそれを美しいと思うが、本人は、女の子らしくない、と嫌っている。

「何言ってんの！　涯は帰ってきたばっかりで疲れてるからよしなさいっていってるの！」

「うそうそ。絶対、やきもちだし」

「ツグミっ！」

綾瀬がポニーテールを振って車椅子を走らせ、ツグミはそれを見て離れ、跳ぶように後ろに下がった。いつもの追いかけっこが始まった。

涯はそれをため息をついて見た。

二人の明るさには幾たびも救われる思いをしているが、正直、疲れているときにはきついものがある。だが、それを顔に出すことはなかった。それは、葬儀社のリーダー《恙神涯》には許されないことだった。

「お帰りなさい、涯」

低く落ちついた声に振り向くと、タブレット型端末を手にした四分儀《しぶんぎ》が薄い笑みを浮かべていた。小さな丸眼鏡をかけた男の酷薄な作り笑顔には、昔から鞭《むち》のような効果がある。

そういえばどこかあの《ハングマン》に似ているところがあるな、と涯は思った。嘘界少佐に会ったのは、この間のルーカサイト攻略戦が初めてだったが、そう感じなかったのは、四分儀のせいかもしれない。

「無事にOAUから資金を引き出せたようですね」

「ああ」

涯は作戦室の椅子に背広をかけ、机に寄りかかった。

ルーカサイト攻略を巡る戦闘では人員物資両面を相当数、損耗した。結果的には作戦の初期目標をほぼ果たせたといっても、状況的には痛みわけだった。

戦いはあれで終わりではない。

むしろ、狼煙《のろし》を上げたこれからが正念場だった。

そのためには失われた戦力を即時補充する必要があり、そのために涯は四分儀の伝手《つて》で再び、今度はリーブ・ネイションズの中でも最大の、OAU——オーガニゼーション・アフリカ・ユニオン——アフリカ国家連合機構に渡りをつけ、交渉に臨んだのだ。

「かなり渋ったが、最終的にはこちらの要求どおりの額を引っ張れた。……もちろん、それなりの見返りは求められたがな」

「さすがです、涯」

四分儀の口元に新月のような笑みが浮かぶ。この男がこういう言い方をするときは、含みがある場合だった。

言いたいことはわかる。

OAUから引っ張れたのは資金のみで、人員と物資の調達は叶《かな》わなかった。

彼らは前回の取り引きで虎の子の大型潜水貨物船を沈められたことを問題視していて、ルーカサイトがまだ一機残っている情況では船は出せない、と言って譲らなかったのだ。

「物資は国内で調達するしかない。……供奉院《くほういん》はまだ首を縦に振らないのか？」

「老人は頭が固いものです。自分たちがすでに終わっていることを認めたくはないのですよ。適材適所という言葉を知ってはいても理解はしていない」

相変わらず手厳しい。だが、その通りだった。

彼らは、自分たちの力の使い道をわかっていない。旧態依然としたやり方では、じわじわと真綿で首を絞め上げられて、いずれは息の根を止められてしまうことに、本当の意味で気がついてはいない。

「……カンフル剤が必要だな」

「何か手が？」

「ある」

涯は眉間《みけん》に皺《しわ》を刻んだ。

「供奉院には孫娘がいる。そいつを使う」

四分儀はタブレットに指を走らせた。

「――供奉院亞里沙《ありさ》。この娘ですか。天王洲第一高校三年……もしかして、桜満集《おうましゅう》を高校に復学させたのはこのためだったのですか？」

「……だけじゃないがな」

他に何が、と四分儀の目は問うていたが、それ以上を涯は言わなかった。

＊

桜満集は、入学してからこっち、こんなにも学校に行くのが怖いと思ったことはなかった。

クラスメートの寒川谷尋《さむかわやひろ》に裏切られたあの日、ＧＨＱに連行されたのを、他の生徒に見られていたことはわかっていた。

どこの学校にもある裏掲示板に、そのことが書き込まれていたからだ。

『――うちの生徒がＧＨＱに捕まったぞ！』

『――マジ？　何？　感染者？　それともテロリスト？』

『――わかんね。誰か写真とか撮ってねーの？』

『――ほい』

『――なんだ男か』

『――これ、何組の誰さん？』

『――桜満集じゃん？　ほら、映研部の』

『――ああ、あのオタク集団』

そんな書き込みが数日、掲示板をにぎわせていた。

それも、ルーカサイト攻略作戦が始まる頃には沈静化していたが、自分の顔が掲示板にさらされたという事実は、集の心を重くした。

いっそ、夏休みになるまで休んでしまおうかとも思ったが、そんなことをすればますます学校に行きづらくなるぞ、と涯にも言われていた。が、結局は、楪《ゆずりは》いのりに強引に引き立てられるようにして、集は家を出ることになった。

いのりは、ルーカサイトの攻略後、集の家に住み込んでいた。涯の命令だ。護衛だ、と彼は言っていたが、集はそれを半分しか信じてはいなかった。

(護衛じゃなくて、きっと監視だ)

そう思っていた。

本来、涯が手にするはずだったという、人の心を形にして取り出して利用できる《王の力》がどうしてかこの右手に宿ってからずっと、集はなし崩しに、テロリストと呼ばれている《葬儀社》に協力を余儀なくされてきた。

ルーカサイトを墜《お》としたときには、これで僕も君たちの仲間かな、などと口走ってしまったが、こうしてふたたび日常に戻ってみると、あんなことを言ってしまってよかったんだろうかという気持ちになった。

きっと涯はそれを見越している。

だからいのりを一緒に住まわせたのだと思えた。どこまでも彼の掌《てのひら》の上で踊らされている感じがする。

ひとつ屋根の下に同じ年頃の男女が一緒に住むということについて、初めに感じたのは怒りだった。何か間違いが起こるかもしれないとは考えないのか、という。

涯といのりが付き合っているらしいことは、葬儀社の誰もが知っている。涯もそれを否定していない。その上で同居を命じた涯にも、それを諾々と受け入れたいのりにも、どうせ何もできやしないんだろう、と馬鹿にされた気がした。

訓練を通じてそれなりに打ち解けた篠宮綾瀬にその話をすると、

「……馬鹿にしてるというより、実際問題として、あんたにいのりがどうこうできるとは思ってないってことなんじゃない？」

と言われた。

「だって、いのりだよ？　ヴォイドを発動しているときならともかく、生身であんたがあの子に勝てると思う？」

思わない。いのりの身体能力は人間離れしている。それに――彼女は涯の命令だったらなんだってする。人だって殺す。集はそれをこの目で見ている。

「でも、綾瀬。僕がいのりからヴォイドを引き出しちゃえば、彼女は気を失うんだから、

何かしようと思えばできちゃうよ？」

「……するの？」

ものすごく冷たい声で問われ、しないけど、と集は本心で言った。

「あくまでも可能性の問題だよ。涯は平気なのかな、って」

「平気じゃなくたってやらなくちゃならないことがあるってことよ。結局、戦うってことはそういうことの積み重ねなんだから。それに——涯がいのりをあんたと同居させるのは、馬鹿にしてるっていうより、信用してるってことじゃないの？」

そう思えればどんなにいいだろう。

けれど、そうした葛藤があった上でも、いのりとの暮らしは楽しかった。

ごはんを一緒に食べるのも、テレビを見ながら話をするのも、家の中に——他の誰かの匂いがするのも。

小さな火が灯《とも》ったみたいだった。

母の春夏《はるか》が家に帰ってくるのは、月に一日か二日だ。

ほとんど一人暮らしと変わらない家に、監視のためかもしれないといっても誰かが——女の子がいるのは、それだけで空気が違った。

だからこそ、余計に学校に行くのが憂鬱《ゆううつ》だった。いっそ本当に引きこもってしまいたかったが、それだけはいのりは言うことを聞いてはくれなかった。

登校は、涯の命令なのだ。

何をするかは追って連絡をする、いまはとにかく登校して以前の生活を取り戻せ、と言われていた。特に人間関係——友人との関係の修復に務めろ、と。

おそらくは、ヴォイドに関係する何かなのだろう。ヴォイドとは人の心の形。引き出す人間との関係性で、性能が変わるらしい。つまり、自分に近しい誰かのヴォイドが、今後、必要になるということだ。

「——集、こわいの?」

校門が見える辻《つじ》でずっと立ち止まって動かない集の横で、いのりが首を傾げた。淡い桃色に染められた髪がふわりと笑うように揺れる。

「……まさか」

強がりを言って、集は歩き出した。校門が近づくにつれて皆が自分を見ている気がしたが、気のせいだと言い聞かせた。

だが、そうではなかった。

「おい、見ろよ。あいつ、GHQに捕まったってやつじゃね?」

下駄箱で靴を履き替えているときにそんな声が聞こえ、集は息を呑《の》んだ。筋肉が硬直し、一瞬、動けなくなった。落ち着け、と自分に言い聞かせ、気付かれないようにゆっくりと深呼吸をして靴を下駄箱に入れたが、手の震えはどうしようもなかった。

「ＧＨＱに捕まったやつが、何で学校来てんだよ」

「知るかよ。――いのりちゃーん、逃げてー！　そいつ、犯罪者だよー」

いのりが表情を変えないまま、風のように振り返る。集はその手をあわててつかんだ。

自分はともかくいのりは、エゴイストのボーカルであって、犯罪者ではない。葬儀社の一員であることは知られていない。けれど、もしあの生徒たちに手を出せば、普通じゃないことがわかってしまう。それは駄目だ。

「行こう。平気だから」

「でも――」

いのりの声に戸惑いと躊躇《ためら》いがにじむ。

「大変だー、ＧＨＱに捕まった犯罪者にエゴイストのボーカルの女の子が拉致《らち》られるー」

調子に乗った男子生徒たちは、馬鹿みたいに笑った。

つかんだ手が振りほどかれそうになる。いのりが本気をだしたら、とてもつかんではいられない。集は、いつまでも子供のようなことを続けようとする男子生徒に、怒りを覚えた。いっそ、連中のヴォイドを引っこ抜いてやろうか、という誘惑が頭をもたげる。ヴォイドを抜けば前後の記憶が失われるのだから、ここにいる全員のを抜けば証拠は残らない。

そんなことを考えていると、遠巻きに見ていた生徒の間を割るように一人の女生徒が前に進み出《い》で、笑っていた生徒の頬を平手で張った。

小気味よい、ぱん、という音が昇降口に響いて、集は呆気《あっけ》に取られた。

「恥を知りなさい！」

まったく怯《ひる》む様子なく、その女生徒は切りつけるように言った。

「それが天王洲第一高校の生徒のすること？　憶測で口にすることではありませんわ！」

ビリッとした迫力があった。

男子生徒は叩かれた頬を押さえると、女生徒を睨みつつも、言い返すことも、叩き返すこともなく、そそくさと人の間に紛れて見えなくなった。

女生徒は、緩くウェーブした淡いブロンドの髪を優雅な仕草ではらいながら、薄い微笑を浮かべつつ、近づいてきた。

「……誰？」

いのりが呟《つぶや》くのに、

「生徒会長だ……確か——供奉院亞里沙、さんだよ」

去年の生徒会長選挙で圧倒的な支持を取り付けて当選したのを、集は覚えていた。

名前はその時に憶えた。集も投票したからだ。

いのりのように染めているのではなく、髪は天性の色らしい。両親のいずれかが外国人であるという噂だったが、詳しいことはわからなかった。

学年はひとつ上だが、確か同じ十七歳だ。

けれど亞里沙はとても大人びていて、独特な雰囲気をまとっていた。いのりも美人だが、亞里沙と比べるとどうしても幼くみえる。

「大丈夫？」

ふんわりとした微笑に、集はどきりとした。不思議な香りがする。香水、だろうか。

「あなたのことは聞いているわ、桜満集君」

くっと喉《のど》が絞まるような感覚に、集は思わず拳《こぶし》を握った。表情がどうしても強張《こわば》る。

するとまた、微笑《ほほえ》まれた。

「安心なさって？　わたくしは知っているから」

隣でいのりがスカートの中にそっと手を差し入れるのが見えた。いまどきの女子高生というには少し丈の長いその下には、短いナイフを隠し持っていることを、集は知っていた。

だめだ、という意思を示すために、集はいのりと亞里沙の間に割り込むように少し体を移動させた。

「し、知ってるって……？」

「あなたの拾った携帯がノーマジーンの密売人の物だったんですって？　しかもその密売人が葬儀社につながっていたとか。ちゃんと届けたのにそのせいで疑われるだなんて大変だったわね。でも、政府に協力する姿勢は素晴らしいわ」

どっと力が抜けた。

そういうことになっているのか。涯が大丈夫だと言っていたのは、すでに情報操作がすんでいたからだったのだろう。だったらそう言ってくれればいいのに、と集は軽い怒りを覚えた。秘密主義なのは、テロリストを率いる身としては仕方がないのかもしれないが、これは隠すことじゃないだろう。

「あ、ありがとうございます」

ぎこちなく、他に答えようもないので、集はそう言った。

「いいのよ。じゃあ、いきましょうか」

「え……どこへ?」

「あなたの教室よ。クラスメートにも誤解を解いておかないとね。無責任な噂を流す人間が減らないのは困ったものだわ。裏サイトもどうにかしないとは思っているのだけれど……生徒会がそこまで介入するのもどうかという意見もあって——ごめんなさい、これはこちらの問題だったわね」

「い、いえ……でも、どうして見ず知らずの僕に、よくしてくれるんですか……?」

何か思惑があるのだろうか、と考えてしまい、集は自己を嫌悪した。こんな風に人を疑うようになったのは、やはり葬儀社に関わったせいだろうか。

いや——違う。

葬儀社というより、谷尋だ。学校で見せていたのとは違う、彼の裏の——本当の顔を見

てしまったからだ。

「先ほども言ったでしょう?」

亜里沙は聞き分けのない子供に辛抱強く言い聞かせるように、口元をほころばせた。

「わたくしは生徒会長だもの。あなただって天王洲第一高校の生徒なのだから、わたくしが気にかけるのは少しもおかしなことではなくてよ?」

そういうものなのだろうか。

けれど亜里沙の申し出は、集にとってはありがたかった。彼女が誤解を——本当は誤解をしているのは彼女なのだが——解いてくれるというなら、断る理由はなかった。

これも涯の、と考えて、いくらなんでもそれはないだろう、と集は思いなおした。

そう考えてしまう自分に、自嘲せずにはいられなかった。何だかんだ言っても、涯ならば、と考えている、そのことに。

*

『なぜ見逃したのですか? 涯』

天王洲第一高校の校門が見える場所に停めた白いバンの中で涯は、ヘッドセットから聞こえてくる四分儀の不審そうな声に、皮肉めいた笑みを浮かべた。

バンの外には『防疫検査中』と書かれた看板が立っている。車の中で涯を初めとした数人はアンチボディズの防疫服に身を包んでいた。

『供奉院の孫娘を拉致するなら、今をおいてなかったと思いますが』

四分儀の言うとおりだった。

亜里沙の乗った車を偽りの工事で停め、歩いて学校に向かわせたのは誘拐するためだ。それをＧＨＱになすりつけるために、こんな恰好までして待ち伏せていたのだ。

拉致し、拷問を加えた後で、それを救出する、もしくは殺害する——どちらが効果的は、拉致の報告を受けた供奉院翁の反応で決めるつもりでいた。

だが、亜里沙を一目見て、涯は計画を変更した。

供奉院家にこちらの力を示すのにＧＨＱを利用することには変更はないが、その利用の方法に、もっと効果的な作戦を思いついたのだ。

鈍《なま》った心と体に活を入れるために、わざわざ作戦に出張った甲斐《かい》があったというものだ。

「計画は変更だ、四分儀。供奉院の翁の予定を探れ。……おもしろくなるぞ」

『……わかりました』

ぷつ、と通信が切れ、涯は部下たちに撤収を命じた。

＊

「こっちが世界史の課題で、このフォルダが防疫のテキスト……」

映研の部室で、校条祭《めんじょうはれ》はタブレット端末を操作して集の端末に、彼のために取っておいた授業のファイルをコピーして送った。

「ちょっと重いけど、平気？」

「うん、大丈夫」

集はそう言って、軽快にタブレットに指を滑らせる。

そんな彼から、祭《はれ》は目を放せなかった。

本当に久しぶりだった。

最後に集を見たのは、楪いのりが転入してきた日だ。その日に集はＧＨＱに連行された。

その報《しら》せを聞いた夜は、不安で一睡もできなかった。

普通に罪を犯したなら、警察が捕まえる。

けれど、ＧＨＱに捕まったというならそれは、アポカリプスウィルスに感染したか、テロリストのような反社会分子の疑いをもたれたということだった。

怖い噂なら、たくさん聞いていた。

GHQに捕まったら二度と帰ってこないという話が一番多く、友達が連れて行かれてそれっきりになり、数日後、東京湾に浮いていたという書き込みを読んだ次の日は、怖くて海が見られなかった。

教室では、集がテロリストで、それを谷尋が密告したという噂がまことしやかに囁《ささや》かれ、反論をしようにも、違うという証拠を祭《はれ》が出せるわけではなく、クラスメートなんだから信じようよ、という陳腐な台詞《せりふ》でしか集を擁護できなかった。

圧《の》し掛かる不安をはらうために祭《はれ》ができるのは、信じることだけだった。集が帰ってくると信じて、彼のためにひたすらノートを記録し続けることだけが、祭《はれ》にできるただひとつのことだった。

そして、集は帰ってきた。

自分が信じ続けたからだなどと、祭《はれ》はうぬぼれはしなかった。誰のおかげでもよかった。集とまたこうして学校に通える——それで十分だった。

タブレットを操作する集を見ながら、だけど、と祭《はれ》は不思議な気持ちになった。集、なんだか、雰囲気が変わった気がする。前は感じた揺れのようなものがあまり感じられない。しっかりしてきた、とでも言えばいいだろうか。

体つきもなんだか少し……逞《たくま》しくなったみたいな——。

祭《はれ》は目を逸《そ》らし、頬を赤らめた。

集の体を想像するなんて、恥ずかしい……。

「祭《はれ》？」

「は、はいっ⁉」

顔を上げるとまともに目が合ってしまい、祭《はれ》は胸を強く押さえた。心臓が口から飛び出してしまいそう。きっと顔もひどく赤くなってる。

「大丈夫？　熱でもあるの？」

つい、と伸びてきた手を、祭《はれ》は咄嗟《とっさ》に手を上げて遮った。いま触られたりしたら、本当に心臓が飛び出してしまうかもしれない。

「へ、平気……ちょっと寝不足なだけだから……」

嘘ではなかった。

集がいなくなってから、一日だってまともに眠れた日はなかったのだから。

だから今日、集が教室に現れたのを見たときは嬉しくて泣いてしまいそうになった。席を飛び出して抱きついてしまいたくなるほど嬉しかった。

けれどそんなことをしたら集に迷惑かもしれない、と頭のどこかで冷静な自分が言い、何とか思いとどまることができた。

それで良かったのだとおもう。

もし抱きついてしまっていたら、こんな風に普通に、前と同じように話をすることはで

きなかっただろう。だから、あれでよかったのだ。

「なあ、集！」

少し離れた場所で、いのりと共にエゴイストのPVを見ていた魂館颯太《たまだてそうた》がぐるりと椅子を回して、おどけた様子で声をかけてきた。

「どうだった、GHQって！　尋問とかされたんだろ⁉」

「颯太くん！」

集の眉が微《かす》かに顰《ひそ》められるのを見て、祭《はれ》は大声で咎《とが》めた。

けれど颯太は気にした様子もなく、

「いーじゃんか！　祭《はれ》だって気になるだろ？　委員長も、軍隊ってホモばっかだって言ってたろ？　集の貞操が無事かどうか……俺はクラスメートとしてとても心配だぜ」

真面目な顔でふざけたことをいう颯太に、祭《はれ》ははらはらし、集を見た。

けれど集はさして気にした様子もなく、困ったように笑っていた。

そうした対処は前からだったけれども、やはり何かが違っている気がした。同じようでいても前の集の態度は、誤魔化すためだったように思える。けれどいまのいなしかたには、心の余裕のようなものが感じられた。

（……大人っぽくなった？）

そう表現するのが、一番ぴったり来るように思える。GHQに捕まった経験が、集を大

人にしたとしか思えない。それだけ、尋問が厳しかったということかもしれない。

「それに、やっぱり気になるじゃん！　ＧＨＱの尋問のときに容疑者に出されるのが、カツ丼なのか！　それともハンバーガーなのか！」

「どっちもでないよ」

言って、集は笑った。

「だいたい取調べの時にカツ丼って、いつの時代だよ、颯太。そんなのとっくの昔に禁止されてるって」

「そうなの？　つまんねー……」

颯太は唇を尖《とが》らせると、再び椅子をくるりと回し、またいのりに話しかけた。といっても、颯太が一方的に話しかけているだけで、いのりの方はモニターに映る集の編集した映像を見つめて、生返事しかしていなかったけれど。

（わかりやすいな、颯太くんは）

いのりを見つめる横顔が、とても熱っぽい。

あれは、恋をしている顔だ。

颯太は前からエゴイストのファンだった。きっと、本人に会うまではただの憧れだったのだろうけど、それが一瞬で恋に変わったのだ。

その気持ち、祭《はれ》にはわからなくはなかった。

祭《はれ》自身、集を好きになったのは、去年の文化祭で集の作った映像を見たのがきっかけだったから。とても綺麗で、切なくて、どんな人が作ったんだろう、と興味を持った。制作者を聞き、それが同じクラスの集であることを知った。感想を伝えたときの集の、はにかんで困ったような笑顔を見て、それが胸に焼きついて、祭《はれ》は、

（ああ、わたし……好きになっちゃったんだ……）

と、自分が恋をしたことに気付いてしまった。

その気持ちを、伝えてはいない。今のところ予定もない。

いつかは、と思いながらも、こうして傍《そば》にいることができ、彼の役に立てるこの関係を崩すのは、正直、怖かった。

けれど——祭《はれ》は、集がGHQに連行されてから、ずっと後悔していた。集がいなくなってしまって初めて、この関係は永遠ではないんだ、と気付かされた。集が帰ってきたら自分の気持ちを伝えます、だから彼を帰してください、と神様に祈った。

（でも、そう簡単にはいかないよね……）

祭《はれ》は、いのりをちらりと見た。

集が戻ってきたその日にいのりも再び登校してきたのは、ただの偶然なのだろうか？

いのりはエゴイスト地下ライブで学校を休んでるんだ、と颯太は言っていた。ライブの中継を録画した映像も見せられた。だからただの偶然なのだろうけれど、それだけに、運命

めいたものがあるような気がして、胸の辺りがちりりと痛む。

（それに……やっぱり、怖いし……）

集の役に立って、ありがとう、といってもらえるこの瞬間を失ってしまうかもしれない、と思うとやっぱり、怖い。

だからもう少し——もう少し待ってください、神様。

そんなことを、タブレットに目を落とす集を見つめながら、祭《はれ》は祈るように思った。

＊

「——谷尋は、僕が捕まった日からずっと来てないって、祭《はれ》、言ってたよね」

遠くから聞こえてきた声に、桜満春夏はどろりとした眠りから目を覚ました。あれだけ疲れていて、一度寝たらどんな目覚ましでも目を覚まさないといわれているのに、久しぶりに聞く息子の声にはすぐに反応するとは我ながらいい母親じゃない、と笑い、蒸し暑い寝室のベッドで体を起こした。

「あっつ……」

思わず口にしてしまうほど、部屋は蒸していた。冷房は好きじゃない。研究室では一日中冷房漬けだから余計に、寝るときぐらいは自然でいたかった。

タンクトップにショーツという恰好でベッドを降りると、裸足の足の裏がぺたぺたした。

「――いのりは何か知ってる？」

いのり？

欠伸《あくび》を噛《か》み殺しながら、誰かしら、と考える。だが、思い当たる知り合いはいなかった。

というよりも春夏は、いまさらながらに集の友人関係を何も知らないことに、んん、と呟いて髪をかきあげた。

「――心配？　裏切られたのに？」

女の子!?

春夏は仰天した。これは考えていなかった！　まさか集が、親のわたしの留守に女の子を家に連れ込むなんて！

ふふん、と春夏は笑った。しかも、会話の感じからすると昨日今日、親しくなった様子ではない。

「……やるわね」

（でもねえ……不純異性交遊は、まだ早い！）

春夏は寝室のドアノブを握ると、そっと開けた。廊下を挟んだリビングのドアのすりガラスに影が二つ、ぼんやりと映っている。

二人の距離は――離れている。

（けど、裏切られたっていうのは穏やかじゃないわね。ひょっとして三角関係？　近頃の高校生は進んでるわねえ……）

などと感心しつつ、

（さて、と）

少しいたずらっぽい笑みを浮かべて春夏はリビングの扉に手をかけ、一気に開いた。

「——こらあ、集！　母さんの留守に女の子を連れ込むなんて上出来じゃない！」

「は、春夏!?」

仰天した様子の集が、中途半端に立ち上がった。制服は——よし、着ている！　その脇にやはり、天王洲第一高校の制服を着た女の子が一人、きちんと正座をして、なぜか洗濯物を畳んでいた。

（え——）

その少女の顔を見た瞬間、春夏の心臓が跳ねた。そんなはずはないのに、あの子の——真名《まな》の面影をその少女に見てしまい、思わず集を振り返ってしまった。

「……な、なに？　春夏……？」

「え？　う、ううん……」

なんでもない、という様に、春夏は首を振った。

集は、あのロストクリスマスの時に、子供の頃の記憶をあらかた失っている。

実姉の真名と、義理の弟のように接していた男の子の二人が一度に死んでしまったショックが大きすぎたのだろう、と医者には言われていた。

普通の生活ができるようになるまで一年以上かかったのだ。あのときの状態に戻ってしまうかもしれないと思うと、恐怖に胃がねじれる思いがした。

幸い、集はこの少女の顔を見ても、何も思い出してはいないようだ。

それとも、そんなに似てはいないのだろうか？

確かにこの子は、真名の享年よりも五つか六つは大きい。髪の色と瞳の色――他は、あの子が大きくなったらこうだったかもしれない、という想像だ。

「……春夏？」

「え？　あ、ごめん……ちょっとぼーっとしちゃって。ええと……それで？　こちらの可愛らしいお嬢さんは、どなた？」

そう訊《き》くと、桃色の髪をした少女は綺麗な仕草で深々と頭を下げた。

「楪いのりです。――ここで暮らさせてもらってます」

集が、わあ、と声を上げたが、春夏は驚きすぎて、声を出すこともできなかった。

「い、いや！　違うんだよ、春夏！　そうじゃなくて、いのりには乱暴なお兄さんがいて、あんまりひどいから匿《かくま》ってるんだ！　でもそいつ、外面《そとづら》がいいから誰も疑ってなくて、しかも強くて、ちょっとかっこよくって！　って、何いってんだ、僕……？」

必死に言い訳をする集を見ているうちに、春夏は何とか平静さを取り戻すことができた。集の話は明らかに作り話とわかるが、《乱暴なお兄さん》にだけ奇妙な実在感がある。誰かモデルがいるかのようだ。

「……ちょっと来なさい、集」

春夏はいのり一人をリビングに残し、集を自分の寝室へと連れ込んで扉を閉めた。集は、叱られた子犬のような様子で、こわごわと様子を窺《うかが》っている。春夏は腰に手を当てて、そんな息子をじっと見つめた。

言いたいこと、聞きたいことは沢山ある。

母親の留守に女の子が家に遊びに来ることも、このくらいの年頃にはあるだろう。けれど、自分が知らない間に一緒に暮らすようになったなんていうのは論外だ。ここは、母親としてしっかりと叱り、彼女も家に戻さなければ。

だが。

――あなたにその資格があるの？

そう、もう一人の自分の声がして、春夏は開きかけた口を閉じた。

家に帰ってくるのは、月に一度か二度。連絡はほとんどメールで、電話も週に一度すればいいくらい。自由主義と言えば聞こえはいいが、実際は、集がしっかりしていることをいいことに仕事が忙しいことを言い訳にして、養育を放棄しているのに等しい。そんな自

分が集を非難できるのか？　そう思ってしまった。

だが、それよりも春夏に口を閉ざさせたのは、恐怖だった。

——集を叱って、それでもし嫌われたら？

それを考えると息が詰まる思いがした。夫が残してくれたのは、ヴォイドの研究とこの子だけだ。けれど研究は半ばＧＨＱに奪われ、プロジェクトに加わらせてもらってはいるものの、目的は教えられてはいなかった。その上、集にまで嫌われて《家族》を壊してしまうことになったら——そう考えると、叱ることはできなかった。

「……春夏？」

はっとして、春夏は無理やりに笑みを浮かべた。ちゃんと言わないと、と思いながら、そんなことはできないとわかっていた。

「いい子みたいじゃない」

出てきたのは、そんな言葉だった。

「あの洗濯物の畳み方を見ればわかるわ。ちゃんとしたおうちで育ったのね。……お兄さんはそうじゃなかったみたいだけど、イレギュラーはいつだって発生するものだし」

「信じてる、の……？」

いまの答えで、さっきの話は嘘だと自分でばらしたようなものだった。

けれど、春夏は気付かぬ振りをした。

返事の代わりに、まだ自分よりも少し背の低い男の子を、強く抱きしめた。乳房の下で集の心臓が、とくんと跳ねるのを感じた。

「や、やめてよ……子供じゃないんだし……」

そう言いながら、押しのけようとはしない。人の肌、ぬくもりには抗《あらが》いがたい力がある。特に異性のそれは。

「いーじゃない。母子のスキンシップよ」

言い訳を与えてあげる。

でも、嘘だ。

本当に血の繋《つな》がった親子なら、年頃の男の子にこんなことはしない。こんな薄着で、ほとんど裸と変わらない恰好で、こんなこと。

「……どうしたのさ、春夏」

抱きしめられたまま、ため息混じりに呟く声に春夏はどきりとした。あの人の声に、少し似ていた。いつの間にか声変わりをしていたのだろうか。

「……何の連絡もなく帰ってくるなんて、珍しいよね」

「そう？　実は、明日、お偉いさんの付き合いでパーティに出なくちゃならなくて、服を取りにきたの。すぐに戻るつもりだったんだけど、つい、寝ちゃった」

「相変わらずなんだから……」

集のため息を耳元に感じる。

「春夏、ちゃんと食べてるの？　ピザとか、そんなのばっかじゃ栄養かたよるよ？」

「へーきへーき」

ふふっと春夏は笑った。

「……ねえ、集？」

「うん？」

「……母さん、集のこと信じてるからね？　その信頼を、裏切ったりしないでね？」

集が、息を呑むのがわかった。

あの真名に似ているところがある気がする娘が本当は誰で、何の目的でここにいるのだとしても、これで集は軽はずみな行動はしないだろう。

集は、かけられた信頼には応えようとする。

良くも、悪くも。

（悪い母親ね……）

義理の息子の少し高い体温を感じながら、春夏は深く長いため息をついた。

*

「あれ？　涯、また出かけるの？」

ツグミがそう言うのに、涯は麻のジャケットを羽織りながら、ああ、と答えたあとで、

「どうして、そう思った？」

「だって、またそんな恰好だし。今日も、なにかの交渉？」

ツグミは足音をさせずにテーブルの向こうに立つと、小首を傾げた。こんなところも、少し猫っぽい。

「そんなところだ」

作戦室のテーブルの上に備えられたホログラムモニターのセンサーに、ジャケットに袖を通した手をかざし、立体映像を表示させる。

「船？」

「かつて、東京湾の周遊に使われていたクルーズ船だ」

三階建ての中型の客船の構造図が回転する。いま湾はＧＨＱの管理下にあり、周遊といった催しはほとんど行われることはなく、そのために廃船となった一隻だった。もちろん武装などは一切ない。

「今夜ここで、供奉院グループ主催のパーティが行われる。俺と集はそいつに潜入し、供奉院爺にコンタクトを試みる」

「え、集⁉」

ツグミの頭の上で猫耳のようなデバイスが感情に反応したように動いた。

「何で集なの？　アルゴとか、大雲《おおぐも》の方がよくない？」

「あいつらは剣呑《けんのん》過ぎる。集ぐらい毒がない方が、疑われずにすむのさ」

「うーん、それは確かに……」

腕組みをして、ツグミは頷《うなず》いた。

その仕草に、涯はふっと口元をほころばせた。アルゴも大雲も、葬儀社の中では歴戦の兵士だ。普通にしていろと言っても、どうしても身のこなしなどにそれが出てしまう。かつては自分もそれでずいぶんと苦労をした。金持ち連中の中には、戦闘擦れしているのを野蛮だと嫌う者もいる。

「今夜のパーティは、事実上、裏経済界のＧＨＱへの反抗宣言のパーティだ」

「そうなの？」

「ああ。連中に葬儀社の名前を売るにはちょうどいい舞台だ。ツグミ、ＧＨＱの動きに注視しておいてくれ。こいつが露見すれば、やつらは強引な手に打って出るはずだ」

ツグミの表情が引き締まる。

「……わかった」

「頼むぞ」

涯はツグミの頭を軽くなでると、携帯電話を取り出し、集のアドレスにコールした。

＊

言い訳に終始する男の言葉を打ち切るように祖父が手にした煙管《キセル》をテーブルに叩きつける音に、供奉院亞里沙はクラスメートが見たら目を丸くするような露出の多いドレスに包まれた体をびくりと震わせた。

「……できない言い訳は必要ない。次は結果を持って来い」

和服に身を包んだ祖父は、その細い体に似合わない威圧感を撒《ま》き散らして、常に周囲を萎縮させる。この男の前では誰もが怯《おび》えた鼠《ねずみ》のようになってしまう。気合とか、格とか、そういうぼんやりしたものを亞里沙はあまり信じてはいないが、この男だけは別だった。

この男の癇《かん》に障《さわ》れば、本当に命が危ない。

供奉院グループは流通最大手の企業であり、ＴＶでＣＭを見ない日がないほど日本では知られた《優良》企業グループだが、光が強ければその分、影も濃い。

祖父が一代で今のグループを築いた裏には、裏社会との関係があった。ＧＨＱが日本を

支配する以前から武器の流通で裏社会のパワーバランスをコントロールすることで、事実上それを支配していた。アジアンマフィアの台頭を銃の力で抑えたのも祖父だ。

亜里沙の母はそんな祖父を嫌い、アメリカ人と駆け落ちして亜里沙を生んだ。だが、一人娘であった母を祖父は裏社会の力を使って捜し出し――粛清《しゅくせい》した。

それがどんなものであったのか、亜里沙は詳しく知っていた。裏社会のやり方にのっとった方法だと祖父に繰り返し聞かされ、またその時の映像も見せられたからだ。地獄、としかいい様のないその光景は、祖父に対する反抗心を萎《な》えさせるのには十分すぎるものだった。

「――亜里沙」

名を呼ばれ、亜里沙は息が止まりそうになるのを何とか顔に出さずに堪《こら》えた。そうして、必死に笑顔を作る。けれどそんなことは見透かしているかのように、祖父の目は愛用の日本刀のように鋭く胸を貫いた。

「今日のパーティは、いずれグループを継ぐおまえの披露目《ひろめ》の場でもある。そのつもりで、せいぜい愛嬌をふりまいておけ。めぼしい男がいたら寝ても構わん。ただし、種は植え付けられるなよ？　おまえの種はわしが決める」

「はい、おじいさま」

笑顔で答えながら、亜里沙は必死に吐き気を堪えた。この男の前では、自分はただの道具でしかないことを、いつも思い知らされる。

成績優秀、品行方正、供奉院グループの孫娘にして、天王洲第一高校の生徒会長――けれどそれは、そうなれと命じられてその通りにしただけだった。自分がなりたかったわけではない。できなかったときの罰が恐ろしいから、必死にやってきただけだ。

自分の愛も、恋も、きっと道具にされる。

意志を貫けばどうなるか、亞里沙はよく知っていた。両親のようになるだけだ。あんな目にあうくらいなら、言いなりになっていた方がましだ。

意志を抑え、自分を抑え、心に殻を作ることだけが、許された自由だった。大切なものはきっとこの男に全て奪われる。初めてのキスも、それ以上のことも、きっと相手は選べない。恋をする自由すらないのだから、当然だ。

それでも――それでもあんな目にあうよりは、生きたまま地獄に落ちるような目にあうくらいならばいい、と亞里沙は自分に言い聞かせた。これまでに何万回したように、自分で自分にかける呪《のろ》いのように、言い聞かせた。

それを笑うように、部屋の外で出航の汽笛が、ぼおう、と鳴った。

埠頭の一角で煌々《こうこう》と点《とも》るライトに照らされ、ダン・イーグルマン大佐はホワイトニングが行き届いた白い歯を見せて、無駄に爽やかに笑って見せた。

「格好つかないだろ？　着任したからには一発決めないとさ！」

アメリカンフットボールのスター選手のような雰囲気がある男だ、と無駄に機能が充実した日本製の携帯を弄《いじ》りながら、嘘界＝ヴァルツ・誠少佐は思った。

プロテクターを着けているかのような鍛え抜かれた体格に、何の意味があるというのやら。現代の戦いは情報、そして武器の性能で決まる。いくら体を鍛えたところで、素手で対峙《たいじ》すれば、銃を持った子供にも殺されるのは自明の理。しかし、いまだにこうした筋肉信仰とでもいうべき軍人は多く、イーグルマンも明らかにそのタイプだった。

だが、上下関係にはうるさくない男らしい。携帯を弄っている自分に注意すらしないというのは、理解のある上官というポーズだろうか。気さく、といえば聞こえはいいが、規律に緩い男というのは戦場にあっては混乱の元になる。

「おまえたちは今日付けで俺の部下だ！　ガッツ出していこうぜ！」

イーグルマンは白い歯を見せたまま、丸太のように太い腕を掲げて見せた。胸には綺羅《きら》星《ほし》のように勲章が煌《きら》めいているが、おそらくは前線に出て立てた武勲ではあるまい。後方の安全なところにいて部下の死を踏み台に戦果だけを引っさらう、この手の男は珍しくない。

「……お言葉を返すようですが、イーグルマン大佐――」

困惑した様子でローワン大尉が口を開く。イーグルマンとは対照的な文官タイプの男である彼は、幸か不幸か、GHQ司令長官であるヤン少将の息子であるエンドレイヴオペレーター、ダリル・ヤン少尉のサポートについてしまったがために、またしてもこうして前

線に引っ張り出される羽目になってしまった。

「ダンだ！」

ローワンの言葉を遮ってイーグルマンは爽やかに吠えた。

「親しみをこめて、ダンと呼んでくれといっただろう？」

ウインクをしてみせる。

されたローワンの肩がうんざりしたように下がる。気持ちを立て直すように、ローワンは眼鏡の位置を直しながら、

「……では、Mr.ダン。ドラグーンで洋上の艦艇を狙うのは現実的ではありません。大型艦艇を攻撃するなら、ＧＴＧＭではなく、ＳＳＭを使用するべきでは？」

と意見した。

ローワンの言う通り、ＧＴＧＭ——Ground To Ground Missile（地対地ミサイル）で大型船を攻撃しても効果のほどは謎だった。

当たり前の話だが、攻撃に際しては相応《ふさわ》しい武器というものがある。陸上から船を狙うならば、ＳＳＭ——Surface to Ship Missile（地対艦ミサイル）を使うべきだろう。

「もちろんだ！」とイーグルマンは答えた。「だが、残念ながら俺の自由になったのはここにあるドラグーンだけだ！　ならばある物で何とかするのが真の軍人というものだろう？　銃がないならナイフで突け！　ナイフがないならその時は——」

イーグルマンは小岩のような拳を握って見せた。

「こいつでぶん殴れ！　それが軍人ってもんだろう？　確かにドラグーンは船を攻撃するには向かないかもしれないが、こいつだってミサイルには違いない！　一発一発に威力がないなら効果が出るまで撃ち込め！」

嘘界は笑いを噛み殺した。この男ならそのうち、素手でエンドレイヴを壊して来い、と言いそうだ。

「ところで、大佐」

クロスワードのマスを埋めながら、嘘界は訊いた。

「標的となる艦船というのは、いったいどこの所属の船なのですか？」

イーグルマンはぱちんと指を鳴らした。

「ナイスな質問だ、スカーフェイス！」

「嘘界です」

無駄だろうが一応訂正しておく。《ハングマン》ならともかく、《スカーフェイス》と呼ばれるのは好きではない。とりあえずポイント1、と嘘界は心にメモをした。十個貯まったら、その時がこの男の最期となる。

「今夜、防疫指定海域外で、ＧＨＱに反抗的な日本人が船上パーティを行っている。我々の目標は、その船だ！」

「まさか……民間船を攻撃するんですか⁉」

「テロリストだよ、ローワン！」

イーグルマンは笑った。

「やつらは一般人を装ったテロリストだ！　君も以前、六本木フォートの住民を除染しただろう？　それと同じさ！　ゴキブリを退治するなら巣を叩く！」

「しかし――」

「どこからそんな情報を？」

ローワンを遮り嘘界は訊いた。初耳だった。自分の情報網に引っかからずにこの男が独自に情報をつかむなどということがあるとしたら、その理由は二つしかない。ダン・イーグルマンが印象と違って非常に優秀か、それともガセか、だ。

（……まあ、ガセでしょうけど）

それを指摘するつもりはない。

「善意の市民からの通報でね！」

髪の毛一筋ほども疑っていないといった様子で、イーグルマンは笑った。

「ほとんどの日本人はわかっているんだよ！　僕らGHQがいなくっちゃ、この国はどうしようもなく回らないってことをね！」

『――我が日本をGHQが監理するようになってから、はや十年――』

そんな声がスピーカーから流れてくるのを聞きながら、涯は集と共に、手に入れた制服に着替えていた。給仕スタッフのものだ。さすがにセキュリティが厳しく、招待客にはなりすませなかったが、乗り込めさえしてしまえばこのようにいくらでも手はある。

『――雌伏《しふく》とよぶにはいささか長すぎる時だった。我々日本人は、顔を上げ、自分たちの足で立たねばならない――』

言っていることは立派だが、綺麗事だ、と涯は嗤《わら》った。相手はマフィアや暴力団のような犯罪組織とは違う。国家だ。抗争と戦争は違う。そこがわかっていない。

「相変わらず、いきなりだよな」

蝶ネクタイをつけながら、集は少し拗《す》ねたように言った。

「電話一本でミッションだからって呼びつけて、こんな泥棒みたいなこと……」

「いまさら」

涯は笑った。記録は消去されたとはいえ、GHQと正面切って敵対したあげく、ルーカサイト計画を叩き潰したのだ。あのことでアンチボディズは責任を取らされ、解散させられたと聞いている。嘘界がどうなったかはわからないがあの男のことだ、上手《うま》く立ち回って新たな地位を得ているだろう。

「……で？　僕は何をすればいいの？」

「何も」

「え？」

「何もない。おまえは万が一のための保険だ」

「……どういうこと？」

「俺の目的はこのパーティの主催者に会うことだ。裏表の経済界を牛耳《ぎゅうじ》るフィクサーだが、なかなか表に出てこない男でな。今夜のような機会はそうはない。おまえもさっきの放送を聞いただろう？」

「うん」

「連中は、ＧＨＱと敵対している。嘘界のような男が、黙って見過ごすと思うか？」

集は、はっとした。

「狙われているってこと⁉」

「それはわからん。だからこその保険だ」

「けど……だったら、いのりをつれてくるべきだったんじゃない？　僕は、誰からヴォイドを取り出せばいいのさ」

「心配するな。そいつも考えてある」

涯は、気絶させた男たちを押し込めたロッカーの扉を閉めた。

「――曲がってるぞ」

「え？」

涯は手を伸ばし、集の蝶ネクタイを直してやった。

「あ、ありがとう……」

「気をつけろ。こういう些細《ささい》なことから疑われ、正体が露見することもある」

ぽん、と涯は集の胸を叩いた。

「——いくぞ」

「うん」

顔つきが変わったな、と思いながら涯はスタッフルームを出て会場に向かった。


「ったく、何で僕がこんなこと……」

エンドレイヴの遠隔操縦席《コフィン》のシートに入りながら、ダリル・ヤン少尉が舌を打つのを聞いて、チェックと調整を行っていたローワンは手を止めて振り返った。

手元のタブレットの数値を見る限り、感情的には落ち着いている。いや、むしろ常とは違った高揚のようなものが見られる。

「あんたもそう思うだろ？　船に乗り込んで沈めて来いってんならともかくさあ、ドラグーンの護衛なんか、他のやつにやらせとけって話だっての」

「そう言うな、少尉」

数値に合わせたリンク調整を行いながら、ローワンはダリルに笑いかけた。

「ルーカサイトを守りきれなかった我々は懲罰を受けたって文句は言えないんだぞ？　嘘界少佐の交渉手腕がなかったら、今頃はどうなっていたか――」

「あいつ、嫌いだ！　なんかよく憶えてないけど、ムカつくことをされた気がする！」

ストレッチャーに無理やり拘束されて運ばれたときのことを言っているのだろうか？

あれは確かにわけがわからなかった。命令だから従ったが、戻ってきたダリルにはあの前後の記憶が失われていた。

しかしあんなことがあったにもかかわらず、ダリルの精神状態は良好と言ってよかった。

いまもシートに体を横たえながら、口元には微笑が浮かんでいる。戦闘前の高揚とも違う。あれはもっと殺伐としている。

「……何かいいことでもあったのか、少尉？」

つい、そう訊いてしまった。

「はあ？　何いってんの？　いいことなんかあるわけないだろ？　ばっかじゃねー？」

「そ、そうか……」

気のせい、だったのだろうか。

と――

「いいことはさあ、これからあるんだよ！」

「これから？　戦闘のことかい？」

「ちがうって！」

ダリルは舌を打った。

「もうじき、僕の誕生日だっての！　今年はパパがお祝いしてくれるんだぜ⁉　レストランだって予約したんだ！　うらやましいだろ！」

唖然《あぜん》としそうになったのを、ローワンは何とか誤魔化した。

それが機嫌のいい理由だったのか。《皆殺しのダリル》などと言われていても、正体はまだまだ子供ということか。

「そうだな、うらやましいよ」

合わせるように言ってローワンはコクピットのフードを下ろし、ダリルと、エンドレイヴ・ゴーチェとのリンクを開始した。


やはり、涯はすごい——大人たちの中を臆することなく進んでいくその背中を見て、集はそう認めざるを得なかった。

後ろめたいことがあるのに、それを隠してあんな風に堂々と振舞うなんてことは、自分にはできない。誰にも疑われることなく、それどころか、どこか羨望のような視線を集めて、一人階段を登っていく。

その先のフロアにいる人物が、涯の会いたいという人物だった。

ただの老人でないことは、遠目からでもわかる。周りにいかにもといった強面《こわもて》の男たちをはべらせて、悠然としている。

だが、そうした雰囲気はその老人の周りのことだけで、他はただ、華やかだった。

誰もが皆着飾って、あるいは挨拶を交わし、あるいは笑いあい、大人の余裕のようなものが、そこにはあった。

ゆったりとした音楽がフロアには流れ、見たこともない料理が次々と運ばれてきてはいつのまにか消えていく。学校の購買のようにがつがつしたところは微塵《みじん》もない。

集はなるべく目立たない隅に移動して、そうした様子を、ただ眺めていた。食べてみたいと思わせる料理もいくつかあったが、今の自分は給仕だ。給仕が料理を食べていたらおかしい。そのくらいの判断は、集にもできた。

それにしても平和な光景だった。

月ヶ瀬ダムでの戦いが嘘か夢のようだ。あんな風にばたばたと簡単に人が死んでいったあの世界と、いま自分が立っているここが、同じひとつの世界だというのが信じられない。

保険が保険で終わればいいけど、と思いながら周囲を見回した集は、人々の間に見慣れた横顔を見つけて、腰が抜けるほど驚いた。

(春夏!?)

だった。

(昨日言ってたパーティって、ここのことだったのか!)

咄嗟に顔を隠すようにして、集は移動した。

それにしても、と集は素早く歩きながら横目で春夏を見た。他の女性と同じかそれよりも露出度の高いドレスを優雅に着こなして談笑する姿は、家で見る母とは大違いだった。女の顔をしている、と思った。それは、奇妙な感じだった。嫌、というのとも違うが、それに近いものの気がした。

なんなんだ、と思ったその時、ポケットに忍ばせた携帯が震えた。ただの携帯ではない。特殊回線を用いた葬儀社専用の携帯だ。作戦の開始前に涯に持たされたものだ。

急いで取り出して耳に当てると、

『大変よ、集!』

ツグミの声が轟《とどろ》いて、耳が、きん、と鳴った。

『GHQのドラグーンがその船を狙ってる! 綾ねえが出撃準備をしてるけど、とても間に合わないわ! SSMじゃないけど、命中したらどうなるかわからない! 早く逃げて!』

「SSM?」

『ミサイルよ! いいから涯と一緒に逃げて!』

集は、はっとして振り返った。

その視線の先では、春夏が先ほどと変わらず、優雅に談笑を続けている。

「……だめだ」

『はあ!?　何いってんの!?　いのりんはいないし、あんたに出来ることなんか――』

「それでもだめなんだ！　僕が逃げたら、春――この船の人たちはどうなるんだよ！」

『逃げなかったら、あんたと涯はどうなるのよ！』

「……何とかする」

『何とかするって、どう――』

「何とかする！　涯はこういう場合を考えて、僕を連れてきたんだ！　なんとかなる！」

『ちょっ――』

集はボタンを押して通話を切り、顔を上げると涯の元へと走りだした。


「よおし、目標、ポイントL11を航行中の周遊船！　全弾んんん射てえええっ！」

埠頭にずらりと並んだドラグーンミサイルトラックの前に立ち、イーグルマン大佐は大きく腕を振り上げた。

ローワンはため息をつくと、嘘界を振り返った。

相変わらず携帯を弄っていた彼は視線に気づくと、人の悪い笑みを浮かべて頷いた。

「……知りませんよ、私は」

もう一度ため息をつき、ローワンはドラグーンの集中管制装置に指を滑らせ、全弾を一気に発射した。

轟音と煙と熱を周囲に撒き散らし、鋼鉄の槍《やり》が次々と夜空へ飛び出していく。

「おまえのような男を招待した憶えはないがな――《葬儀社》の恙神涯」

目の前に立つなり、そう看破した老人の眼力に、

（ほう、覚えているのか。俺みたいな男の顔でも）

涯はそれなりに感心した。この手の男は一介のテロリストなど眼中にないと思っていた。

だが違ったようだ。これは幸先がいい。だがそれを顔には出さず、手にしたトレーの半円状の蓋にゆっくりと手をかけた。

明らかに堅気ではない男たちがすぐに反応したが、供奉院は手を上げてそれを制した。

それを見て涯は蓋を取った。トレーの上にあるのは一台の携帯だ。

「それは？」

「買っていただきたい――日本の未来を」

老人は肉食獣のような笑みを浮かべた。

「未来、ときたか。たかがテロリスト風情《ふぜい》が、何ができるつもりだ？」

「だったら、たかが経済マフィアに何ができるんだ？」

鼻白《はなじろ》む護衛を、再び老人が制す。その口元には、面白がるような笑みが浮かんでいる。

「言うではないか」

「事実を述べただけですよ。少なくともＧＨＱとの戦闘について我々には実績がある。アンチボディズを事実上、壊滅に追い込んだのは我々だ」

「つまり」

供奉院は骨の浮いた指をゆっくりと組み合わせた。

「未来とはおまえたちのことか？　おまえは、わしに身を売る、とそう言っているのか？」

「適材適所、ですよ。我々に協力していただければ、ＧＨＱをこの国からたたき出してご覧に入れましょう」

一拍おいて、供奉院翁は呵々大笑《かかたいしょう》した。

「……面白い法螺《ほら》を吹く男だな」

「法螺かどうかは――」

そこまで言った時、階段を駆け上がってくる者がいた。

「涯！」

（――来たか！）

涯は手を上げて、集を押し留《とど》めた。

「……どうした、集」

集は男たちを警戒しながら傍に来ると、小声で、

「……GHQのミサイルがこの船を狙ってるって、ツグミが」

「やはり露見していたか」

集は、決意を抱《いだ》いた目で涯を見上げた。

「……命令してよ、涯。この船を救う方法があるんだろ？　僕はどうしたらいい？」

「後部甲板で待て。五分でいく」

「わかった」

大きく頷き、集は踵《きびす》を返して駆け出した。

涯は髪をかきあげると、ゆっくりと供奉院を振り返った。

「ご覧に入れましょう——未来を」

亞里沙は怪訝《けげん》な顔で、祖父と話をしている男を、ダンスフロアのソファーに座って見上げていた。

誰だろう、あれは。

自分と同じような金色に見える髪をした若者は、警護の男たちを前にしても気にした様

子もない。それどころか、あの祖父を怖《おそ》れていないようにも見える。

あんな人を見たのは初めてだ。

祖父の前に出る人間は、誰であれその前に平伏して目を見ることがない。だが、あの若者は堂々と真正面から祖父の濁った目を見て怖れる様子がない。

怖ろしさを知らない、無知ゆえの蛮勇だろうか？

そうは思えなかった。

むしろ護衛の方が彼を怖れているようにも思える。彼らは相手が小物であれば、小馬鹿にしたような態度を隠そうとしない。だがいまは、遠巻きに吠え掛かる犬のようにあの若者を警戒している。

何を話しているのだろう？

興味をそそられたが、あそこに行く気にはなれなかった。毒蛇の巣のようなあそこへ、わざわざ足を運ぶ気にはなれない。

すると、一人のボーイが慌てた様子で階段を駆け上がった。ボーイは金髪の若者と何事かを話すと、大きく頷いて踵を返した。

顔が見えた。

（あの子！　確か、桜満集とかいった、うちの学校の……!?）

どうしてこんなところに、と考えていると向こうでもこちらに気づいた。驚いた様子で、

けれど、そんな場合じゃない、とばかりに向きを変えて走っていってしまった。

おかしい。

うちの学校の生徒がこんなところにいるはずがない。ここはそんな場所じゃない。

理由を問いただそうとあとを追いかけようとしたとき、行く手を遮られた。立ち上がったのをダンスをする気になったと勘違いをされたらしい。

「亜里沙さん、次のワルツはわたしと」

どこかの組織の御曹司だという男の手が差し伸べられる。それを見て他の男も集ってきた。誰もが祖父を怖れつつ、パイプを作りたがっている。彼らの目に映っているのは、供奉院亜里沙という一人の女ではない。糸を付け、操っている祖父の姿だ。

うんざりとして、けれども断れない自分がいた。そうしろと言われている。そんな自分にも亜里沙は吐き気がした。

もう好きにすればいい――いつものように心を鎧《よろい》で覆い、自分をその中に押し込めて、亜里沙は適当に手を伸ばした。

その手を、誰かがつかんだ。

取った、ではない。文字通り、手首をつかまれたのだ。それは決して、ダンスの申し込みではなかった。

「――悪いな、ワルツなら後にしてくれ」

はっと顔を上げると、目の前にあの青年がいた。世の中の全てを嘲るような微笑を浮かべ、灰色の瞳であたりぐるりと威圧するように見回すと、ぐい、と手を引かれた。

「——こっちはこれから、ロックなんでね」

男は走り出し、亜里沙は引っ張られるままに人の輪を離れた。光と共に景色が飛ぶように流れていく。胸が弾《はじ》けそうに騒いだ。こんな気持ちは初めてだった。生まれて初めてわくわくしている自分に、亜里沙は気付いた。

もしかして、このままわたくしを救い出してくれるのでは——そんなことすら思った。けれど、連れて行かれたのは船の後部甲板だった。

薄暗く、何があるわけでもなかった。

ボートが待っているわけでも、ヘリが停まっているわけでもなかった。あるのは暗闇と、唸《うな》るような波の音、夏とは思えない冷たい風、それだけだった。

そしてその風は、ありもしない幻を思い描いて火照《ほて》った頬と頭を冷ましてくれ、そんな夢を一瞬でも見た自分に腹が立った。

「離しなさい！」

亜里沙は男の腕をふりほどき、それを胸に押し当てるようにして後ろに下がった。男は追ってこようとはせず、微笑を浮かべたまま自分を見つめていた。

「あなたのような無礼な男は初めてですわ！　何者です！」

すると男は胸に手を当て、深々とお辞儀をして見せた。その動きはとても優雅で美しく、そして一分の隙もなかった。

「……光栄です。あなたの初めての男になれて」

その言いように亜里沙は頬がかっと熱くなるのを感じ、気づけば腕を振り上げて平手を打っていた。だがそれは男の頬を打つことはなかった。男の手によって止められていた。

「どういうおつもり!?　こんなところにつれてきて！」

「失礼。知り合いに似ていたもので、つい」

「知り合い……？」

恋人か何かだろうか？

すると、男は先ほど見せた嘲るような微笑を浮かべた。

「ええ。キャサリンと言って——昔飼っていたアルマジロです」

「！」

もう一度叩いてやろうと腕を引き抜こうとしたが、男の力は怖いくらいに強く、びくともしなかった。

ぐい、と顔が近づいてきて目があった。

まるで体の内側を覗《のぞ》かれているような気がして、心臓が怖いくらいに早く打つのを感じた。

「……本当に似ている。自分を守ろうと必死に体を丸めているところが」

「ふざけないで！　わたくしは――」

「しっ」

男は指を立てて目の前に、二人の間に立てた。今度は何のつもりなの？

「目をつぶって」

囁くような声で、男は言った。

「何を――」

「これから君に魔法をかける。本当の君になれる本物の魔法だ」

「魔法なんて、そんなの――」

「俺を信じろ」

遮って言った男の声は、どうしてか心地がよかった。

「さあ、目を閉じて。そうすれば、本当の君が姿を現す。本当だ」

馬鹿馬鹿しい。

亜里沙は、本心でそう思った。だが、なぜだろう。気づけば亜里沙は目を閉じてしまっていた。まるで、本当に魔法にかかったかのように。

「これから三つ数える。そうしたら目を開けるんだ。いいね？」

こくん、と亜里沙は頷いた。

自分が自分でないみたいだった。こんな風に言いなりになっているのに、それが気持ちよかった。祖父に命令されたときには、吐き気をもよおすような苦痛しかなかったのに。

「いくよ？　3、2、1——ゼロ！」

亞里沙は、目を開けた。

はっとして、体が強張る。

(桜満集!?)

「すみません！」

集の手が伸びてきて、大きく開いたカクテルドレスの胸に触れそうになる。その瞬間、光が爆発して、亞里沙の何もかもを白く塗りつぶした。


「これ、なんだ？　ボール……？」

横たわる亞里沙の横で集が手にしている彼女のヴォイドは、確かにそう見えた。

涯は亞里沙を抱き上げると、そうだ、と答えた。

「弱い自分を鎧《よろ》う、臆病者の盾——それが供奉院亞里沙のヴォイドだ」

「これが盾……？」

集はまじまじと、手の中で浮かぶ球体を眺めた。

確かに盾には見えないが、まだ閉じているからだ。丸まったアルマジロと同じだ。

（そして、俺とも）

気を失った亜里沙を抱き上げ、涯は自嘲した。弱くて矮小《わいしょう》な自分をごまかし、虚像を演じているのは自分も同じだ。

（その点で、俺たちは似たもの同士だな）

穏やかに眠っているようにも見える亜里沙を見下ろし、涯は優しく目を細めた。だがこの出会いは不幸な結果しか生まないであろうこともわかっていた。同じ傷を持つ者は、それを互いに舐《な》め合うだけで、先に進めない。

（余計なことだ）

軽く首を振り、涯は船尾を振り返った。

——来る。

「集！　来るぞ！」

「うん！」

集が腕を振る。すると手の中のボールはまるで傘のように開いて、巨大な覆いとなって船尾に展開した。

次々と飛来したミサイルがその盾に触れると、音もなく弾けるように光となって散った。それはまるで素晴らしいイルミネーションのように、この一夜を彩った。

『なるほど、君たちにGHQに対抗する力があることは理解した』

電話の向こうで供奉院がそう言うのを、四分儀はスピーカーから出力し、作戦室に集っていた皆で聞いていた。

『目の前であれを見せられれば、信じる気にもなる。取り引きは成立だ』

「ありがとうございます。そのように涯に伝えます」

電話を切ると、歓声が上がった。

これで当面、物資の心配は必要なくなった。いずれ涯の邪魔になるかもしれないが、裏社会とのパイプは、いまは必要だ。

「ねえ、四分儀?」

傍に来たツグミが首を傾げた。

「でも、どうしてGHQは、船上パーティのことを嗅ぎつけたんだろ?」

「善意の市民が通報したからですよ」

「え?」

「善意とは、そう名乗った時点で悪意である──」

首を傾げるツグミにわからぬように、四分儀はふっと嗤った。

「──さすがですね、涯」

「おいおいおい、どうして撃たない！」

身を乗り出して腕を振って叫ぶイーグルマンの声に、

「……弾切れです、大佐」

正直に、ローワンは答えた。

イーグルマンの目が驚きに見開かれる。全弾発射と言ったのはあなたでしょう、と言いかけたのを、ローワンは呑みこんだ。

怒り出すかと思ったが、イーグルマンは太いため息をつくと、大仰に肩を竦《すく》めた。

「……なら、仕方がない。今回はこれまで！　次はもっとガッツ入れて行こう！　そうすれば次は勝てる！」

根拠のない宣言に、ハァ!?　と、ダリルが《コフィン》の中で声を荒らげた。


何かに揺さぶられたように、亜里沙ははっと目を覚まして跳ね起きた。

その瞬間、頭に軽い痛みが走り、眉をひそめた。

確か、おかしな男に連れ出されて——けれどそこまでしか覚えていなかった。何か、大切なことがあったような気がしたが、ぷつりと記憶が途切れている。

「——気がついたか」

聞き覚えのある声にはっとして振り返ると、その男が立っていた。

「あなた――」

武器になるものがないかと探したが、寝かされていたソファーには何もなかった。亜里沙は男を睨んだ。それで貫くことができると相手に思わせることができれば、と強く。

「甲板でいきなり気絶したんだ。覚えていないか?」

「え――」

「とりあえず、空いている部屋に運ばせてもらった」

男は踵を返すと、扉に向かった。

「あ――」

亜里沙は思わず手を伸ばしていた。何をしようとしたのだろう。そんなことをした理由がわからず、あわてて引っ込めた。

「――涯だ」

男の声にはっとして顔を上げると、彼が振り返って自分を見ていた。

「恙神涯。俺の名前だ。知りたかったんだろう?」

思わず頷くと、男は――涯は優しいけれどどこか寂しげな笑みを浮かべ、幻であったかのように部屋を出ていってしまった。

亜里沙はソファーに半身を起こしたまま、ただそれを見送るしか出来なかった。彼が名乗った、彼の名前が、その音が胸に渦巻いて、心臓を甘く締め付けた。

部屋を出ると、まるで待ち構えていたかのように集が壁に寄りかかっていて、涯はかすかに眉をひそめた。だが、集はそのことには気づかず、

「あの、会長は……?」

いま出てきた扉を見て、そう訊いた。

「大丈夫だ。ヴォイドを引き抜かれたことは覚えていない」

「そっか……」

どこかほっとしたように、集は呟いた。とてもGHQのミサイル攻撃から何百人もの人々を守った男とは思えない態度だった。

だが、集は確かにやり遂げた。驟雨《しゅうう》のようなドラグーンを防ぎきり、供奉院グループの信用を見事に勝ち取った。

「……よくやったな、集」

そう評価を伝えると、集は驚いたように目を瞬き、それから照れたように顔を伏せた。

(素直なやつだ)

涯は、集の肩を軽く叩き、

「いくぞ」

と言って、笑った。

GUILTY CROWN REQUIEM SCORE 2

GUILTY CROWN
REQUIEM SCORE

08 夏日 courtship behavior

『――ようやく手に入りましたよ、シュウイチロウ』

天井のスクリーンに逆さに映る若者がふわりとした笑顔を浮かべると、茎道修一郎の手元のケースが淡い光を帯び、その中にまるで手品のように突然に、かつん、と音を立てて一枚のカードが落ちてきた。

『これでようやく、《パンドラ》へ入れますね』

「ええ」

茎道はケースからカードを取り出した。一見、何の変哲もないＩＤカードに見える。だが実態は違う。オーバーテクノロジーの塊だ。

『我ら《ダァト》の技術を掠《かす》め取り、クロスに手を貸した輩《やから》は一掃しました。これで、心置きなく計画を推し進められますね？』

「感謝いたします――ユウ」

茎道は胸に手を当てて、深々と頭を下げた。

＊

供奉院グループのバックアップは想像していた以上に有益だった。物資はもちろんのこと、ＧＨＱに関する情報でも役立つものが多かったのだ。

ツグミの情報収集能力はとても高く、ネットに繋がってさえいればそれは彼女の前に恭《うやうや》しく差し出されたようなものだったが、しかし情報とはネットが全てではない。記録として残すにはまだ早い、雑多な噂程度の中にも綺羅星のようなものはある。

供奉院の集めてくる情報は裏社会に流れてくるそうした噂を元に裏取りをして確度を上げたものが主で、おかげでこれまでつかむことの出来なかった種類の情報も、新たに入手が可能になった。

その中に、気になる情報がひとつ、混じっていた。

ある組織の仕切る密漁船が大島の近海でＧＨＱに拿捕《だほ》され、厳しい取調べを受けたというものだった。連中はとにかくその密漁船がテロリストではないかと厳しく追及したらしい。そして誤解だとわかると、島に近づくなと強く脅かされたということだった。

それが涯には引っかかった。

大島の近海は防疫海域には指定されていない。そのような場所でＧＨＱの厳しい臨検が

行われる理由がわからなかった。

すぐにツグミに調べさせたが、ＧＨＱにそのような記録は一切なかった。少なくともネットの中には、大島の近海で活動している部隊は存在していなかった。

何かある。

涯はすぐに、アルゴと大雲を大島に調査に向かわせた。

十七年前に隕石《いんせき》の落下と思われる爆発事故があってしばらくは立ち入りが規制されていたこともあったが、その後はむしろ積極的に観光事業に力を入れてきた。

加えて、十年前のロストクリスマス以後は、日本人は海外への渡航を禁じられていることもあって、その分、離島への観光人気は高く、大島は東京から近いこともあり、年に数万人の人間がやってくる一大観光地になっていた。

夏のベストシーズンであるいま、観光客に紛れることは造作もなかった。

四日間の調査のあと、彼らが持ち帰った情報は、涯の血を躍らせるものだった。ＧＨＱが管理していると思《おぼ》しき施設が見つかったのだ。しかもその施設は神社にカモフラージュされており、明らかに存在を隠す意図があった。

そこまでして何を秘匿《ひとく》しようとしているのか――あくまでも可能性だったが、涯には心当たりがあった。もしそれが想像通りの物であれば、とんだ灯台下暗しだった。たとえそれが目的の物でなかったとしても、ＧＨＱの秘密研究所を潰せるなら、そこで何が行われ

ているかを暴けるならば、悪い話ではない。

「……どうだ、四分儀？」

「さすがです、涯」

アポカリプスウィルスの影響が僅《わず》かに現れている目を眇《すが》め、四分儀はその作戦を了承した。

涯はすぐにツグミ、護衛にアルゴと大雲、綾瀬と、さらに城戸研二《きどけんじ》を加えた五人を大島に向かわせ、施設の全貌と常駐している部隊の規模、セキュリティの調査などを行わせた。件《くだん》の研究所は、完全に島の外とはリンクを断っている為《ため》、内部を探るには島に入る以外にはなかったのだ。

五日の後、ツグミから調査報告が送られてきた。

施設は山をくりぬいた内部にあり、おおよその構造はつかめたが深奥部の一室だけは、ルーカサイトの制御装置と同じくオーバーテクノロジーといってもいい形のロックがかけられていて、ツグミであってもどうすることもできないということだった。さらにその深奥部の一角の壁には未知の金属物質が使われており、素材がわからないのでは爆破を試すわけにもいかないと城戸は言ってきた。試してもいいが、爆発エネルギーが全て跳ね返ることもあるらしい。

「どうします？　涯」

試すような言い方をした四分儀に、涯は、

「手はある」

と答えて、携帯を取り出し、電話をかけた。あいつはいまもう夏休みだ。

集は、いきなり電話をかけてきた涯に、『魂館颯太を大島に旅行に誘え』と言われ、いったいどういうことなのか、まるでわけがわからなかった。

「どういうこと?」

ちらりとリビングの方を見て、集は声をひそめた。三日前から春夏が帰ってきているのだ。例の客船でのことは何も気づいていない様子だったが、それでも何かを察しているような気がしてならなかった。春夏がこんなに長く、家にいたことなどなかったからだ。

いのりの同居については、あきらめたのか何も言ってはこない。仲良くやっているといえなくもなかった。

だが、おかげで集の家事は二倍に増えてしまった。春夏もいのりも、料理を一切しなかったし、春夏にいたっては、片付けはもっと嫌いだったからだ。たぶん自分がいなかったらこの家はあっという間にゴミ屋敷になってしまうだろう、と集は思っていた。

そんな時に、涯から急に電話がかかってきて、

「何で、僕が颯太を旅行に誘わなくちゃならないんだよ?」

そのことを命じられたのだった。

『もちろん、ミッションのためだ。現在進行している作戦には、魂館颯太のヴォイドが欠かせないことが分かった。おまえが魂館颯太を連れてきて、奴のヴォイドを使うんだ』

「簡単に言うなよ！　颯太とはそんなに仲がいいってわけじゃないし、いきなり旅行に行こうなんて誘ったら不審に思われるよ……」

『何とかしろ』

「何とかって……」

集は口ごもった。

正直、集は颯太のことが苦手だった。はっきり言ってしまえば、デリカシーがなくて図々《ずうずう》しいところが嫌いだった。自分の気持ちをおかまいなしに押し付けてきて、空気を読まないところが嫌だった。

そんなやつと旅行だなんて。

『なんだ？　できないのか？』

受話器の向こうからそう言われた途端、逆に、この前誉《ほ》められたことが不意に思い出されて、集は携帯を持つ手に思わず力がこもった。あのときの喜びが体を駆けた。

そうして気づけば、

「やれるよ」

そう言ってしまっていた。

『ああ。そうだろうな』

涯の声が心なしか柔らかく聞こえるのは気のせいだろうか。

『今日中にプランを決めて連絡しろ。必要なものはそろえてやる』

「わかった」

『それとあとひとつ——魂館颯太と友情を深めておけよ』

「え？」

通話は切れてしまった。

もはや、あとには引けなかった。友情云々《うんぬん》はさておいて、集はどうしたら魂館颯太を自然に大島へ誘えるか、その方法を考えに考えた。


「あれ？　桜満博士、お休みじゃなかったんですか？」

研究所の若い職員が驚いたようにそう言ったのに、春夏は笑って、

「振られちゃったのよー」

とおどけて答えた。

お台場の南の埋立地である『24区』に建つメガストラクチャー、通称『ボーンクリスマスツリー』の内部に、遺伝子工学では世界屈指の技術を持つセフィラゲノミクス社の研究施設はある。アポカリプスウィルス研究では、唯一と言っていい成果を出している社は、

その重要性に鑑《かんが》みて、GHQの保護という名の管理下におかれていた。

とはいえ、それで研究に何か支障が出るわけではなかった。表向きは独立を保っていたし、研究成果の軍事転用は日米の取り決めで禁じられている。

しかしそれが担保されていたのは、ひとえに茎道修一郎の力によるものが大きかった。彼が特殊ウィルス災害対策局——アンチボディズの局長であったから、余計な介入がなかったといえる。

だが、いったいどうして彼がその地位につくことができたのか、春夏にはわからなかった。どこかの機関に属しているらしいということは、茎道の友人でもあった夫から聞いてはいたが、詳しくは話してくれなかったし、また、訊くこともしなかった。

しかしその茎道の立場も、いまや微妙なところにある。

アンチボディズが何か失態を犯し、その責任を取らされる形で謹慎を命じられたのだ。いまはまだ、ヤンGHQ長官は何も言ってきてはいないが、この先はわからない。

「——お子さん、高校生でしたっけ?」

若い職員の問いに、春夏は白衣を羽織りながら、ええ、と答えた。

「十七歳。普段、ほったらかしにしてるから局長がいない間に親睦を深めようと思ったんだけどねー、部活の仲間と合宿だって言って逃げちゃった」

春夏は、あはは、と笑った。

「ああ、しかたないですよ。僕も経験あります。いま思うとなんで、って感じですけど、そのぐらいの年頃って、妙に親と一緒に何かするのって恥ずかしいんですよね」

「そんなもの？」

「ええ。男の子なら特にそうですよ。友達に見られたりしたら、冷やかされますし」

「ふうん……」

本当は、集といのりと一緒に、テーマパークにでも行こうかと思って予定もあれこれ考えていたのだが、だったらどのみち一緒には行ってくれなかったかもしれない。

その前に機先を制されてしまったけれど。

映像研究会、だったか。

文化祭に向けて何か作品を作るらしく、そのための合宿と撮影旅行に行きたいんだけれど、と突然、昨日、言われたのだ。

それを寂しいと思わなかったかと言えば嘘になる。だが、集が自分に何かを頼むということは珍しかったからすぐに、いいわよ、と答えた。

もちろんその合宿には、引率の教師が付くことも確認した。大雲という体育教師で、なぜか集はわざわざ写真も見せてくれた。岩みたいな男の人だった。

それで、と春夏は集に訊いた。

『どこでやるの？　合宿』

『うん、大島』

春夏はどきりとした。

そこはかつて桜満玄周《クロス》が暮らした場所だったからだ。集にとっては故郷、ということになる。だがロストクリスマス以前のことだ。集はそのほとんどを覚えてはいない。

あの島の空気、色、匂いを思い出して、春夏はため息をついた。

あの地には、集の父親である玄周《クロス》博士が埋葬されているが、春夏もこの数年、墓参りをしてはいなかった。暮らした家はもうないが、それでも懐かしさに胸が締め付けられる。

それを隠し、

『ふうん、そうなんだ。じゃあ、せっかくだからお父さんに顔を見せてらっしゃいな』

と春夏は言った。

集は屈託なく、わかってる、と答えた。

集にとっては、玄周《クロス》も人から聞かされた思い出でしかない。元々家を空けがちの人ではあったから余計に、なのだろう。

春夏はコーヒーを入れてもらって、それを手に自室に入ると、小さくため息をつき、リクライニングの利いた椅子に体を投げ出すように座った。

引き出しを開き、中から一枚の写真を取り出すとそれを見つめた。

家族写真、と言っていいのだろうか。

夏の一枚。自分と集、どこかいのりに似た姉の真名、そして——名前もしらない少年がそこには写っている。

この子、なんと言っただろうか？　真名は、この子をどこかの神の名前で呼んでいた気がしたけれど。

「思い出すかな……」

写真の集の顔を指でなぞりながら春夏は、そうであってほしいのか、そうではないのか、自分でもよくわからずにいた。けれど。

指が集から、玄周《クロス》へとすべる。

「……安心して、あなた。この子の未来はわたしが守るから」

それだけは、春夏は決めていた——なにをしても。

＊

「この家、どうしたの……？」

高校生の合宿というには余りに広い、かつては民宿だったという屋敷のことを、集はいのりに耳打ちをするようにして訊いた。温泉も付いているという。

映研の合宿ということにして大島に颯太を連れて行く、と涯に言ったら、船のチケット

だけが送られてきて、あとはいのりに訊け、とだけ言われたのだ。

「……供奉院グループが用意してくれたって、涯が」

ひそっといのりが答える。

「会長の別荘かな……」

あのパーティでの様子を思い出して、集は独り言のように呟いた。

供奉院亞里沙とは、あれから何とか顔を合わせずに済んでいるが、もしもあの夜のことを訊かれたら他人の空似で通せ、と涯からは言われていた。記憶が飛んでいる事実があるから、疑念はもたれても確信はできないはずだ、と。

集も、そうするつもりだった。

あそこにいた理由なら、春夏の付き添いというのがあったが、もしも亞里沙が本当かどうかを調べて春夏に問い合わせられでもしたら、それこそ説明のしようがなくなる。

だから集は、涯の言う通りにするつもりでいた。

それが一番間違いがないから。

「すっげえなあ!」

中古だけれども業務用のビデオカメラを手に、颯太が大袈裟《おおげさ》に声を上げる。

その様子を、集は少しだけうんざりとした思いで見た。

「でも、ついてたよなー!　大島って、夏はホテルなんかも予約取れないいんだろ?　とり

あえず海だな、海！」

早速、荷物を適当に下ろして服を脱ごうとする。

（ほんとに……）

集は、ため息をついた。

合宿の参加メンバーは、集、いのり、颯太、祭《はれ》、それと普段は幽霊部員で学級委員長の、草間花音《くさまかのん》の五人だった。

集は、いのりのことは当然、頭数に入っていて、だから、

「……合宿だから、楪さんは参加できないんだよね？」

と祭《はれ》に言われるまで、そのことに気づかなかったのだ。

いのりは部員ではない。だが、文化祭に出す映像に、いのりを題材にしたいと颯太が言い出してくれ、それだけは助かった。

「よし、いこうぜ！」

颯太はもう、海パン一枚になっていて、止めるまもなく奇声を上げながら飛び出していってしまった。

「もう、颯太くんってば……」

祭《はれ》は苦笑しながら呟いて、集を振り返った。今日の祭《はれ》はTシャツに短パンという恰好で、伸びた手足は少し火照ったように赤い。

「どうしよっか……わたしたちも、いく？」

その瞳は、いこう、と誘いかけていたが、

「ごめん。僕、ちょっと用事があるんだ」

「用事？」

祭《はれ》が首を傾げる。

「うん――父さんの墓参りに行こうと思って」


涯は、隕石の落下で死んだ人々を奉《まつ》る墓地に立って、夕陽が融《と》けて流れ出したかのような赤い海を見つめていた。暑く湿った風が吹きつける。だが涯は、喪服のように黒いコートを脱ぐことはなかった。

目立つことは百も承知だ。だが、大雲のようにアロハを着る気にも、四分儀のようにポロシャツ姿になることも、涯にはできなかった。

この島では特に。

もう、ここに戻ることはないと思っていた。

ひょっとしたら、そうした心の内を、あの男に見透かされていたのかもしれない。

ヴォイドがそうであるように、心というやつは計り知れない。自分でも知らないうちに、ここを戦場にすることを避けようとしていた可能性はある。

ルーカサイトの攻略戦を思い出すと、己の不甲斐なさに腹が立ってしかたがなかった。

あの時、自分は生きることをあきらめようとした。他人の死が重過ぎて逃げようとした。

あれはありえないことだった。あってはいけないことだった。

だからこれは、いい機会ではあった。初心を思い出し、決意を新たにするのに、ここ以上の場所はない。

足元の黒い墓標に刻まれた名に、涯は視線を落とした。『OUMA　KUROSU』

――集の父親、《王》を創《つく》った男の名だ。だが、ここに男の亡骸《なきがら》はない。ロストクリスマスの他の犠牲者同様、骨の欠片《かけら》ひとつ見つからなかったのだから。

その空《から》っぽの墓に涯は、

（俺はもう、逃げることだけはしない。どんな地獄でも背負う）

改めて、そう誓った。

「――涯？」

土を踏む湿った音と共にそう呼ばれ、涯は振り返った。

仏花を持った集が現れたことに驚きはしなかった。ここで待ち合わせたのだ。人目を忍んで会うのには、集の墓参りという口実は人を払うのには都合がいい。

「来たか」

集は頷くと、まずは花を供えた。そうして空っぽの墓に手を合わせる。意味があるのか、

と言いそうになるのを涯は呑みこんだ。

「……僕、父さんのことってよく覚えてないんだよね」

ぽつりと集が呟く。

「違うな。父さんのことだけじゃない。みんなには言ってないけど……僕、ロストクリスマスの前の記憶がほとんどないんだ」

やはり、と涯は思ったが口に出しては、そうか、としか言わなかった。

「うん。だから、ここで暮らしてたって言われても実感がないんだ。父さんが何をしてたのかも知らないし」

「……桜満玄周《クロス》博士は、天王洲大学の教授だったろう？」

集は驚いたように振り返った。

「え、そうなの？　でも、なんで涯がそんなこと知ってるの？」

「アポカリプスウィルスに興味があるやつなら誰でも知ってる。桜満玄周《クロス》博士はAPウィルス研究の第一人者だった。ワクチンの基礎理論を築いたのも教授だ。それを引き継ぎ、発展させたのはおまえの母親だろうが。なぜ、おまえが知らない」

集はどこかバツが悪そうに少し唇を尖らせた。

「……春夏はほとんど帰ってこないし、家ではそういう話はしないんだ」

「ハルカ？」

「あー……その、母親の名前。そう呼んでるんだ」

集はこの話題を打ち切るように咳払《せきばら》いをした。

「とにかく、父さんのことはほとんど覚えてないんだ。ロストクリスマスで死んだって聞いたけど、遺体も見つからなかったし」

「じゃあ、なんでここに墓がある？」

「遺言だって。父さん――どっかで自分が死ぬってこと、わかってたのかな？」

涯は視線をすぐ隣の墓に移した。

「それは誰の墓だ？」

「え？」

隣の白い墓石には『OUMA SAEKO』、そしてすぐ下に『MANA』と彫られていた。

まじまじと見つめ、しかし、集は首を傾げた。

「誰のだろ？　気づかなかったな……」

それは、『MANA』はおまえの姉だ、と喉まで出かかったのを涯は呑みこんだ。いま混乱させるのは作戦に支障が出かねない。

だが、涯にも『SAEKO』が誰なのかはわからなかった。

（いや、いまは関係のない話だ）

涯は余計な情報を頭から締め出した。いまはやるべきことがある。

「集。今夜、やるぞ」

はっとして、集の表情が引き締まる。

「魂館颯太との関係はどうなっている」

「どう、って言われても……よくわからないよ。颯太はいつもふざけてるし、苦手、かな」

涯は舌を打った。

「なんだそれは。わからない？　まともに話をしたこともないのか？　俺はおまえに、そいつと友情を深めておけと言ったはずだが？」

「え？　あれって冗談とかじゃなかったの……？」

「そんなわけがあるか。ヴォイドは心の形だ。それを使うおまえとの関係で能力も揺らぐ。ダリルの万華鏡や、供奉院亞里沙の盾のように、短時間の使用なら問題はないが、今回の作戦は長時間のヴォイド使用が不可欠だ。魂館颯太を施設の地下に連れて行くわけにはいかないからな。邪魔だ。ゆえにヴォイドは施設の外で抜いていく。そのためには魂館颯太とおまえの間に精神的なつながりがいる。だから《友情を深めておけ》と言ったんだ」

「そんなの……ちゃんと言ってくれなくちゃわからないだろ！」

涯は鼻を鳴らした。

「そのぐらいは察すると思ったんだがな。おまえは、空気を読んで生きてきたんだろう？」

集の頬が、かっと赤くなった。怒りか、それとも、恥じらいか。涯は胸の内で己に舌を打った。つい感情的になってしまった。

「……まあいい。まだ時間はある。おまえは二二〇〇《ニニマルマル》までに魂館颯太と腹を割って話をしておけ。それで少しは変わるかもしれない」

「話せって、何を――」

「おまえの気持ちを正直にぶつけてみたらどうだ？　それとも、そんなことをして《友達》に嫌われるのが怖いか？」

集の目が険しくなり、涯を睨んだ。

「できるさ！　僕は臆病者じゃない！」

何を思い出したのか、吐き捨てるように言って集は踵を返し、地面を蹴りつけるようにして丘を降りていった。

「友達、か……」

涯は、ふっと嗤った。それは、自分に向けたものだった。

「――友人を巻き込むミッション」

がさ、と木々の間から、四分儀が幽霊のように現れた。

「桜満君には、不向きでは？」

「俺の意見は違うな。巻き込んでこその友さ」

四分儀は眼鏡を直す手で口元を隠しながら、微かに口の端を持ち上げた。

「実に、あなたらしい」

涯はポケットに手を乱暴に突っ込むと、夜のようなコートの裾を翻した。

「……何の冒険もない人生なんてつまらん。ちょっとくらいは人の心に波風立てるくらいじゃないとな」

*

「大尉！」

ダリルの《コフィン》のシステムチェックを行っていたローワンは、《棺桶》にかけて《セメタリー》──《墓地》と呼ばれている、エンドレイヴの遠隔操縦装置が並ぶ部屋一杯に響く声で名前を呼ばれ、タブレットを叩く指を止めて顔を上げた。

（大佐！）

イーグルマンが無駄に爽やかな笑顔を浮かべてやってくるのが見えて、ローワンは、また何かとんでもないことを思いついたのではないかと警戒した。

エンドレイヴでベースボールをやろうという提案も大概だが、この間などはミサイルを括《くく》りつけて空を飛ばしてみようと言い出して、止めるのに苦労したのだ。

何しろイーグルマンには理論や理屈が通用しない。何を言っても『ガッツで乗り切れ』で会話が終わってしまう。以前上官だったグエン少佐もくせのある人物だったが、イーグルマンに比べればまだ常識人だった。

しかし、上官には違いない。

ローワンは端末を小脇に抱えると、折り目正しく敬礼した。

「やすめやすめ」

いつもの気安い様子で言って、イーグルマンは手を振る。そうして辺りをぐるりと見回し、なるほど、と呟く。

「墓地、とはよく言ったものだな。確かにこう、棺桶が並んでいるみたいに見える！　実際にはパイロットは安全なのだから、ゾンビの棺桶だな！」

HAHAHA、とイーグルマンは笑った。

死亡事故が起こる確率は一割ほどもあるのだが、ローワンは黙っていた。そんなことを指摘すればどうせ、ガッツでゼロにしろ、と言われることはわかっていた。

「何か御用ですか？　た——Mr.イーグルマン」

「うむ。ヤン少尉はどこだ？」

「本日は外出許可を得て、出かけておりますが」

「なんだ、そうか」

イーグルマンは心底残念そうに、太くため息をついた。

「やつの記録を見たんだが、どうも性格に問題があるようだったから、ひとつがつんと矯正してやろうと思ったんだがな」

「……た──Mr.イーグルマン。少尉は長官のご子息ですよ？」

「それが？」

にこやかに、イーグルマンは言う。

「前任者がどうだったかは知らないが、俺はそんなことで贔屓《ひいき》はしない！　俺は階級も嫌いだが親の威光ってやつも大嫌いなんだ！　俺の部下になったからにはまずはそれが一番！　上官と言えば親も同然！　俺がしっかりと立派なアメリカ軍人に育ててやらんとな！」

暑苦しい、と思ったがローワンはそれを顔に出さない程度には大人だった。

「で？」

ローワンの思いに気付いた様子もなく、イーグルマンは白い歯を見せた。

「ダリル・ヤンは何をしに出かけたんだ？　女か？」

「違いますよ」

ローワンは小さくため息をついた。

「今日は彼の誕生日だとかで、長官とディナーを楽しまれるために出かけたんですよ。今頃はお二人で食事を楽しまれてるんじゃないですか？」


白い骨組みだけのクリスマスツリーのようなGHQ本部がよく見える窓に近い席で、ダリル・ヤンは白いタキシードを着て、父の到着をいまかいまかと待っていた。

テーブルの中央には、三段組の大きなデコレーションケーキが置かれ、立てられた十七本の蠟燭《ろうそく》が静かに炎を揺らしている。

今夜の食事は、一年前からの約束だった。

去年の誕生日は父の仕事の都合で当日キャンセルになってしまったが、その代わりに今年の誕生日は絶対に一緒に祝ってくれると約束してくれた。

GHQ長官の仕事で忙しい父に負担をかけないように自分で予約を取り、ケーキを手配し、料理も決めた。代金は父のカードを使ったから、これも父のプレゼントだ。フロアは当然、貸し切った。

料理は、父の好きなローストビーフだ。この国のは紙みたいにぺらっぺらして食べた気がしないが、この店はステイツのような分厚いのを出してくれる。

きっと、父は喜んでくれるだろう。よくぞこんな店を見つけてくれた、と頭を撫《な》でてく

れるかもしれない。それを思うと、どんなプレゼントよりもわくわくする。

約束の時間はもう一時間も過ぎてしまったが、GHQの長官の役目上、そうしたことは珍しくなかった。ダリルは自分を、理解のある息子だと自負している。いまごろはプレゼントの入った箱を手に、あわてて車に飛び乗っている。きっとそうだ。

(プレゼント、何かな)

ダリルはあれこれ想像して、胸を躍らせた。

意外とそそっかしい父は毎年プレゼントを忘れて、来年は絶対に用意すると言うのだが、今年こそは必ず用意してくれているはずだ。

(新しいシュタイナーとかなら、すごく嬉しいな! そうしたら今度こそ葬儀社の連中を絶対に皆殺しにして、パパに喜んでもらえるし!)

その未来を思い描いて、ダリルはくすくすと笑った。

店の奥で、ちりりん、と電話が鳴るのが聞こえた。無粋な電子音ではないのは、店の雰囲気を考えてのことだろう。

ボーイが五杯目の水を替えに来て、そのあとで、

「……お客様」

しかつめらしい顔をした支配人が傍に来て腰をかがめ、囁いた。

「何?」

ダリルは上機嫌に答えた。とうとう、父が到着したのだろうか？

「……大変申し上げ難《にく》いのですが、お連れ様はおこしになれないと、今しがたご連絡が」

ダリルの瞳が大きく見開かれた。

「お料理はいかがなさいましょう……」

「……いらないよ」

支配人は一礼をすると、すっと下がった。

寒々として広いフロアのテーブルの下、ダリルは膝の上に置いた手を、血が滲《にじ》むほど強く握り締めた。

ケーキの上で揺れる蠟燭の炎が、ひどくにじんで——崩れて流れた。


「よろしいのですか？　御子息との約束を反故《ほご》になさって」

エレベーターの中でヤン長官は、どこか勝ち誇っているかのような秘書官の声に、構わん、と吐き捨てるように答えた。

「アレが本当に私の子なのかも怪しいのだ。祝ってやる気になどなれん。アレの母親はよくない女だった。君と違ってな」

「まあ……」

わざとらしく驚いて、アリス・キング秘書官は指を、長官のそれにそっと絡めた。

「いけませんわ。亡くなられた方をそんなふうにおっしゃっては」

「どうせならあの女だけでなくアレも死んでくれればよかったのだ——ロストクリスマスで」

長官は小さく舌を打った。

「……アレの尻拭《しりぬぐ》いはもう真っ平だ。アレは人間ではない。化け物だよ」

「怖いこと……」

手を伸ばして長官の頬に触れ、秘書官はヒールの踵《かかと》をそっと上げた。

*

やれる、と涯には見得を切ったものの、何をどう颯太に気持ちをぶつければいいのか集はわからずにいた。時間だけがただ過ぎるばかりだった。

颯太はさっきから縁側に座ってタブレット端末に見入っている。かかっているのはエゴイストのPVだ。画面の中では拘束されたいのりが歌っている。

何度目かのリピートが終わったあと、不意に颯太は、

「よし！」

と決意を感じさせる勢いでそう言うと、立ち上がって集を振り向いた。

「集、ちょっといいか？」

「え？　う、うん……」

まだ何も思いついてはいなかったが、チャンスと思った方がいいんだろうか。このまま流れで本音をぶつけ合えるかもしれない。

「集さあ、いのりちゃんとは何もないわけ？」

息が止まって、心臓が口から飛び出すのではないかと思った。なんでいきなり、いのりの名前がここで出てくるんだ？

「な、何って、何？」

「誤魔化すなよー。わかんだろ？　付き合ったりしてんのかって話だよ」

「そんなこと――ないよ」

本当だ。大体いのりは涯の女だ。部屋に入っていくいのりを見てしまったあの夜のことは、思い出すと吐き気が込みあげてくる。

「本当か？」

「そう言ってるだろ？　何で疑うんだよ」

「だっておまえ、いのりちゃんと一緒に住んでんだろ？」

ぎょっとした。

いのりの同居のことは誰にも言っていない。当然だ。そんなことが学校にばれたら、絶

対に問題になる。

「どうして――」

「こないださー、谷尋と会ったんだよな」

「谷尋と!?」

「ああ。なーんか、くたびれててさ。俺の顔を見るなり、金、貸してくれないか、だぜ？　驚いたのなんの。でもなんか事情がありそうだったから、一万、貸したんだよ。そうしたら、お礼だって言って、おまえがいのりちゃんと一緒に暮らしてるって教えてくれたんだ」

ぎり、と集は歯を食いしばった。またあいつは、と怒りが込み上げてきた。また人の情報を餌に金を稼いでいるのか。しかも今度はクラスメートを相手に。

「まさかと思ったけど、本当なんだもんなー。おまえんちにいのりちゃんが入って行くの見たときは、こりゃ駄目だと思ったんだけどさ」

颯太の顔が真面目になった。

「おまえがいのりちゃんと何でもないってんなら、俺、今夜、いくぜ？」

「行く……？」

「わかんだろ？　告るってことだよ。俺、マジでいのりちゃんのこと好きだ。エゴイストのＰＶだって何万回って見て、本当に好きになったんだ」

「ま、待ってよ、颯太！」

集は自分でもよくわからないがひどく焦った。

「好きって——嘘だろ？　だって颯太はいのりのこと、ＰＶでしか知らないじゃないか。そんなの本当の好きっていうのとは違うんじゃない？」

颯太はむっとした。

「違わねーよ！　じゃあ、集は一目惚れを否定すんのか？　俺はあると思ってる！　俺はいのりちゃんに一目惚れをした！　だからこのチャンスに俺は、気持ちを伝える！……関係ないって言うなら、邪魔すんなよな、集」

「ちょ——」

颯太は踵を返すと、部屋を出ようと歩き出した。

気づけば集も立ち上がっていて、颯太の前に立ちふさがっていた。

「……なんだよ？」

「そ、颯太には無理だよ」

集は視線を外しながら呟いた。颯太だからじゃない。相手は涯なんだ。誰であろうと敵《かな》うわけがないと思える。

だが、涯を知らない颯太に、そんな思いが通じるはずもなく。

「なんだよ、それ！」

「だから、無理なんだよ……別に、颯太だからってことじゃなくて——」

颯太は苛立《いらだ》ったように片手で髪を掻《か》き毟《むし》った。

「あーっ！　何が言いたいんだよ、回りくでーな！　言っとくけど、俺、集にだったら負けるなんて思ってないからな！」

苛っとした。

「なんだよそれ！」

思わず声が荒くなった。

「僕のことだなんて言ってないだろ！　何で颯太はそう先走って勝手に決め付けて突っ走るんだよ！　そういうとこ、皆が迷惑してるのがわかんないのかよ！　いっつも強引で空気読まなくて、そういうとこが嫌なんだよ！」

「んだと！」

颯太に胸倉をつかまれ、集も咄嗟につかみかえしていた。胃の辺りに、何か熱いものがぐるぐると渦を巻いている。

「俺だって、おまえの適当に人をあしらって寄せ付けないとことか、回りくどいとことか、ふざけんなって思ってんだよ！　いのりちゃんのことが好きならそう言えばいいだろ！」

「好きだったらどうだってんだよ！　どうせそんなの関係なく、颯太は自分の気持ちを押し通そうとすんだろ！」

「しねーよ！」

どん、と突き飛ばされた。

（え――？）

「だったらわざわざ、おまえの気持ちを訊いたりなんかするかよ！　俺はおまえのこと、ムカつくところもあるけど、ダチだって思ってんだ！　ダチが好きな女に手はださねーよ！」

「颯、太……」

ダチ、という言葉。それが何故だかとても、胸に突き刺さった。

颯太は、ちぇっと舌を打った。

「らしくねーこと言っちまったぜ……」

なんて言ったらいいのか、集には言葉が見つからなかった。けれど、気まずいわけではなかった。なんていえばいいのだろう、このむずむずするような気持ちを。

「――青春、ですねえ」

日本庭園式の中庭から聞こえてきた声に、はっとして颯太と共に集は振り返った。

暗闇の中から、ずう、と灰色の髪を揺らしながら長身の眼鏡の男が現れた。

だが、彼だけではない。

続いて岩が動き出したかのような大男が、その脇から炎のような色に染め上げた髪を挑

むように立てた若者が現れて、土足で部屋に上がりこんできた。

その威圧感に、颯太は誰何《すいか》することもできず、ごくりと喉を鳴らした。声を上げることを許さない雰囲気が三人にはあった。

四分儀、大雲、アルゴ、だった。

全員が《葬儀社》のコスチュームである黒地に血のように赤い線の入った服に身を包んで、腰にはそれぞれ得意な武器を下げていた。

「——どうです、涯？」

眼鏡を押さえながら四分儀が闇に問うと、最後に、淡いブロンドに見える髪をはらうようにしながら涯が現れた。その口元には、残酷そうな笑みが浮かんでいる。黒いコートの裾を悪魔のように翻し、集たちの傍まで来ると、腕を伸ばして颯太の顎をつかんだ。

「ひっ」

短い悲鳴を上げた颯太の瞳を無遠慮に覗きこむ。

「……いいだろう。——集、やれ」

「し、集……？」

どういうこと、と言いたげに颯太が集を見た。

「ごめん、颯太！」

目を伏せず、集は颯太と見つめあいながら、その胸に向かって腕を伸ばした。

「うわあああああああああっ！」

悲鳴と共に、颯太の胸に銀色をした二重の螺旋《らせん》が出現して展開する。

その中に集は手を突っ込み、容赦なく引き抜いた。颯太の体がびくんびくんと震える。

そうして、そのまま膝から崩れ落ちる。

「おっと」

アルゴが抱きとめ、静かに床に横たえた。

集は手の中のヴォイドを見た。銃のような形をしているが、先端にはレンズが付いている。見ようによっては、颯太の持っているプロ仕様のビデオカメラに見えなくもない。

涯が笑みを浮かべて集を見た。

「それが、魂館颯太のヴォイド。あらゆる《鍵》を開く《カメラ》だ」

「これが颯太の――」

呟いて、手の中のヴォイドを見下ろしたとき、廊下を人が駆けてくる音がした。

「行くぞ」

涯が踵を返して走り出し、四分儀たちもそれに続いた。集も慌ててあとを追いつつ、一度だけ颯太を振り返り、ごめん借りる、と呟いた。

（あのふたり、なんか変……）

部屋で、浴衣《ゆかた》でドライヤーを使って髪を乾かしながら、祭《はれ》は昼間の集といのりの様子を思い出していた。なんていえばいいのだろう。学校では気づかなかったけれど、二人の間には特別な空気感というか、雰囲気がある。

自分が決して越えることの出来なかったラインを一気に越えて、クラスメートとか、友達とか、そういうラインの先に二人はいるような気がしてしかたがなかった。

とにかく、やたら距離が近い。

いのりが集に触れるのはわかる。腕をつかんだり、寄り添ったり、無意識にそうしたスキンシップをする女の子を、祭《はれ》も何人か知っている。

けれど、集がそれを許しているのが問題だった。

彼は基本、人と触れ合うのを避けようとする。人との距離に敏感なのだ。無理やり腕をつかんでしまえば振りほどくようなことはしないだろうけれど、そうでなければさりげなく距離を取ろうとする。

けれど、いのりにはそれを許している。

ここへ着いたときだってそうだ。彼女の耳にキスをしているのじゃないかと思うくらい近くまで口を寄せて、何かを囁いていた。

あんなこと、普段の集ならば絶対にしない。

（油断、してたんだよね……）

いのりは有名人だし、集のことを相手になんかしないと思い込みたかったのかもしれない。彼の良さを分かるのは自分だけだとうぬぼれていたのかもしれない。

子供の頃に好きだった本に、優しすぎる王様の物語があった。

皆はその王様のことを、馬鹿だとか弱虫だとか言って笑ったけれど、祭《はれ》はその王様が大好きだった。馬鹿なのも弱虫なのも優しいがゆえ。祭《はれ》にとっては、優しいことがなにより一番だった。優しい人が何よりも一番だった。

祭《はれ》は、優しい人が好きだった。自分に優しくしてくれる人、ではない。そうではなくて、本当に優しい人。

集の作った映像に惹《ひ》かれたのも、それを感じたからだった。あの映像には、そっと心に触れるような優しさを感じた。もう一度あの絵本に、あの男に捨てられてしまったあの本に出遭えたような、そんな気がした。

だから。

そう思ったから、あの映像を作った桜満集の良さを分かるのは、あの本と同じように、自分だけだとうぬぼれていたのかもしれない。

そんなことはありえないのに。世界は広いのに。

油断、していたのだ。

「どうしたの、祭《はれ》?」

歯を磨き終えた草間花音がきょとんとした顔で戻ってきてそう言った。

祭《はれ》同様、花音も浴衣だ。

無理やりに笑顔を作り、祭《はれ》は、なんでもないよ、と首を振った。

「でも……ありがとね、花音ちゃん。急な話だったのに参加してくれて」

「なに？　急に改まっちゃって」

「だってほら、もし花音ちゃんがこなかったら、もしかしたらわたし、女の子一人だったかもしれなかったんだし」

「確かに。魂館君が言い出さなかったら、楪さんも参加しなかったかもしれないし。それはあったかも。でも——」

花音はレンズの下の部分にだけフレームのある細身の眼鏡を軽く持ち上げて、ちょっといたずらっぽい笑みを浮かべた。

「祭《はれ》には、そっちの方がよかったんじゃないの？」

どきん、とした。

「か、花音ちゃん、何言って……」

「だって楪さん、桜満君となんかちょっと怪しいし。祭《はれ》、もうちょっと頑張んないと、桜満君、取られちゃうわよ？」

「わ、わたしは別に——」

いやだ。顔が熱い。

「やあねえ。祭《はれ》の気持ち、知らないと思ってるの？　そんなの、桜満君本人だけよ」

「う、嘘！」

「ほんとだって。映研部員は皆、とっくにお見通しだよ？　幽霊部員のわたしだって、傍で見ててすぐにわかったもの」

「ど、どうしよう……」

顔が燃えてるみたいに熱い。知らなかった。そんなにあからさまだったろうか。

「告白しちゃえば？」

息が止まるかと思った。

「な、何言ってるの、花音ちゃんは……」

笑って誤魔化そうとしたが、上手く笑えなかった。

「や、冗談とかじゃなくって。楪さんは芸能人だし強力なライバルだとは思うけど、彼女ってそういうのとは違うって感じしない？　恋愛とか興味なさそうっていうか——よくわかってないっていうか」

「それは……うん……」

なんと言うか、いのりの透明感は、肌の白さもそれを助長しているのかもしれないけれど、実在感が薄いというか、無機物的な感じが、確かにする。

「綺麗だし、脅威は脅威だけど、なんかこう、やばい取られちゃう、的な《女》は不思議と感じないっていうか——ごめん、何言ってるんだかわかんないね」

「ううん、そんなことない」

花音の言いたいことは、何となく分かる。

一番近い表現は、人形、だろうか。芸能人——アイドルだからなのかもしれないけれど、どこか作って——作られたような感じがする。

「けど、わたし、綺麗ってわけでもないし——」

「何言ってんの」

「——ひゃ！」

後ろに回った花音の手がするりと浴衣のあわせから滑り込んできて、下着を着けていない胸を思い切りつかまれ、祭《はれ》は思わず声を上げてしまった。

「祭《はれ》には、こんな立派なのあるじゃん。これをもっと有効に使えば桜満君だって一撃よ。あんなんでも男の子なんだし。……にしても、むかつくほどおっきいわね」

「や、ちょっ——」

振りほどこうとしたその時、少しはなれたところから男の子の叫び声が聞こえた。

「今の……魂館君？」

花音が立ち上がり、祭《はれ》もはだけた浴衣を慌ててかきあわせた。どたどたと板の間を歩く

複数の靴音がして、そして静かになった。

祭《はれ》と花音は顔を見合わせ、小さく頷くと部屋を出て男子の部屋に向かった。入り口にあった懐中電灯を武器の代わりに持った。

「……魂館くん？　桜満くん？」

花音がノックをしたが返事はなかった。ノブに手をかけると鍵はかかっておらず、花音はドアを引き開けた。電気は点《つ》けっぱなしになっている。

「……いるの……？」

彼女がそろりと中に入るそのあとに、祭《はれ》は続いた。

「魂館君⁉」

部屋の中央に、颯太が伸びていた。

祭《はれ》は花音と共に駆け寄ると呼吸を確認した。大丈夫。脈もある。気絶——というか眠っているのだろうか？　だとしたら、あの悲鳴はなんだったのだろう。

祭《はれ》は中庭に面した戸口を見た。縁側のガラス戸は開けっ放しになっていて、海からの涼しい風が寄せていた。

「……集は？」

一緒にいるはずの彼の姿はどこにもなかった。

「そういえば、いないね」

花音も首を巡らせたが人の気配はなく、ただ波の音だけが、遠く、繰り返し聞こえていた。

（どうなっている……）

涯は、目の前に転がっている死体を見下ろして眉をひそめた。

神社に擬装した警戒システムを黙らせたのはツグミのはずだが、これをやったのは彼女ではありえない。先行していたいのりの仕業《しわざ》でもないだろう。自分たちが鳥居に続く階段にたどり着くまでシステムへのハッキングは行われていなかった。いのりはその手前で待っていたのだから、殺すのは無理だ。

大雲が周囲を警戒しながら兵士に近づいて検分する間に、涯はドアロックを確かめた。ロックを外すのは計画の内だったが、方法が問題だった。

「ツグミ」

涯はヘッドセットのマイクに呼びかけた。

「ドアロックが解けている。このドアを開けたのはおまえか？」

『ううん。その扉のロックは独立したシステムだもの。手は出せないよ。だから集が抜いたヴォイドで開錠するんでしょ？』

ざらっとした音の返事がそうあった。

ツグミの言う通りだった。この施設のドアは完全に独立していて、他からの操作を受け付けない。不便だと思うのだが、それだけセキュリティに気を使っているということだろう。

「涯」大雲が顔を上げて振り返った。「傷は九㎜です。いずれも一発で仕留めている。何者の仕業でしょうか」

涯はドアロック端末に指を走らせ、使用履歴を呼び出した。この扉は、集のヴォイドのように無理やり開けさせるのでなかったら、専用のカードキーが必要となる。

(何っ⁉)

端末のディスプレイに表示された名前を見て涯は驚いた。『OUMA　KUROSU』――それは死者の名前だった。涯は集を見た。相変わらず死体には慣れないのか、体を硬くしてその場で動かなくなってしまっている。

集がこれを見て動揺する前に、涯は履歴の表示を消した。謎解きはあとだ。誰かが自分たちよりも先にこの施設に潜入したことは間違いない。

「急ぐぞ。誰かに先を越された」

「え？　誰かって――」

ようやく我に返ったように、集が訊く。

「さあな。だがそいつはヴォイドも使わずにここのセキュリティを突破するパスを持って

いるらしい。──大雲、アルゴ、おまえたちはここで待て」

二人は頷くと、巨大な扉の脇にそれぞれ立って武器を構えた。

「綾瀬」

『──はい』

「シュタイナーを出しておけ。特に洋上の動きに気をつけろ。この施設自体が俺たちに対する罠の可能性もある」

『了解』

「研二」

『──あいよ』

「カウントダウンを開始しろ」

『了ー解。分かってると思うけど、時間厳守だよ？　一度カウントダウンを開始したら、止められないかんね』

「わかってる」

通話を切り、涯は集といのりに、いくぞ、と手で示した。

慌てた様子で足をもつれさせながら集が駆けてくる。いのりはさりげなく、そんな集を守るかのように後ろについていている。

大雲とアルゴに目で頷き、涯は集といのりを伴って地下へと続く通路へ足を踏み入れた。

しんとした道を、足元灯が白くぼんやりと照らし出している。死角が出来ぬよう設置された監視カメラは完全に沈黙していた。

三人の靴音が通路に幾重にも反響したが、警備兵が現れる気配はなかった。

これがたとえ罠であったとしても、この目で確かめないわけにはいかなかった。映像などいくらでも加工が出来る。モニターを通したら本物と偽物の区別などつかない。皮肉にも技術の進歩が肉体への回帰を促したともいえる。

「ねえ、涯」

どのくらい進んだのかはおおよそしかわからなかったが、そろそろ大丈夫だと思ったのか声をひそめて集が口を開いた。

「ここにいったい何があるのさ」

もっともな質問だ。他の連中には説明してあったが、そういえば集にはまだだった。いのりはそもそもそんなことを気にしないから教えていない。

「……俺の予測が正しければ、全てを終わらせる《はじまりの石》がここにある」

「それ、なに?」

「十七年前にこの島に落下した隕石の欠片だ。アポカリプスウィルスは元々、その隕石に付着していた。それをおまえの父が突き止め、ワクチン開発の基礎を作った。だが、おまえの父は石を秘匿して死んでしまった」

「それがここに？」

「可能性は高い」

「じゃあ涯は、その石を手に入れて自分たちで新しいワクチンを作るつもりなの？」

「そんなところだ。ワクチンをＧＨＱに独占されている限り、日本は連中の奴隷だ」

涯は表情を変えずにそう嘘をついた。予測通りなら、確かにアポカリプスウィルスは消滅するだろう。だがそれは、ワクチンでではない。けれどそれをいま、集に説明するつもりはなかった。時間もない。

「――止まれ！」

突如、後ろからそう声がかかり、涯は銃を抜きながら振り返った。

引き金を引こうとして、だがその前にいのりが動いていた。小型拳銃の乾いた発砲音が筒状の通路に響いて、警備兵の銃を弾き飛ばす。その懐《ふところ》に飛び込み、いのりは鋭いパンチをみぞおちに叩き込み、兵士を昏倒させた。

手際は見事で鮮やかだ。だが――

「いのり。何故、殺さなかった」

え、という表情がいのりの顔に浮かぶ。ルーカサイト攻略のときの彼女なら、迷わず眉間を撃ち抜いていたはずだ。それができる。

「時間と手間のロスだ」

涯はコートの内側からナイフを抜くと膝を付き、昏倒した兵士の首筋に当て、引いた。ばしゃっと弧を描いて血が飛び散る。

「涯!」

驚いたような、非難をするような声を、集が上げる。涯は兵士の服でナイフの刀身を拭うと鞘《さや》に収めて立ち上がった。

「戻る時にこいつが仲間を連れて待ち構えていたらどうする? 言っておくぞ、集。俺たちは戦争をしているんだ。そいつを忘れるな」

唇を噛み、集は押し黙った。

「いのり、おまえもだ。敵におかしな情けをかけるな。俺の命令に従え」

「……はい」

言葉に抵抗を感じる。こんなことはいままでなかった。この変化はどっちだ? いいのか? 悪いのか? 判断は付かなかった。おそらく、最期の時にならなければわかるまい。

「行くぞ」

集はまだ不満そうな顔をしていたが、いまはそんなことに構っている時間はない。涯は再び走り出し、集たちも、仕方なくかもしれないが、ついてきた。

途中、いくつかに分岐した通路をツグミの用意した地図に従って進み、やがてひとつの扉の前にたどり着いた。

ドアロックを監理する端末に指を滑らせる。やはり解除されていた。涯は舌を打った。

本当に、先を越されてしまったのか？

ボタンを押すと鋼鉄の三重扉は難なく開いた。

「……これ、いらなかったね」

集が、手の中のヴォイドを見て言う。

「本当に必要なのは、これからだ」

涯は銃を構えて扉を潜った。まるで金庫だ。扉の厚さはひとつが一メートル以上もある。

そして、それを抜けると、異様な光景が待っていた。

「なんだ、これ……」

集が驚いた様子で周囲を見回す。

やはりビンゴだ！

湧き上がる興奮を涯は必死に抑えた。涯もここは写真でしか見たことがなかった。まるで途中で放棄された木組みのパズルのように金属の支柱が不規則に、壁から、床から、天井から、飛び出すように生《は》えている。

「これ自体が《パンドラ》の部屋へと続く《鍵》だ」

部屋の中央へと進みながら涯はほくそ笑んだ。解除されていない。ＧＨＱのセキュリティを突破できても、さすがにここは無理だったらしい。

桜満玄周《クロス》は、オーパーツ・テクノロジーを用いて《はじまりの石》を秘匿した。だが、石の存在、在《あ》り処《か》自体はすぐにGHQの知るところとなってしまった。しかし、見つけたところでこの《鍵》を誰も解除できず、GHQはこの施設ごと《はじまりの石》を封印することにした。丸ごと埋めてしまって山を造り、宗教施設を置くことで人を遠ざけた——おそらくはそんなところだろう。

涯は嗤った。

自分たちが利用できないのなら他の人間にも決して渡さないというのは、大国の傲慢《ごうまん》がよく出ているじゃないか。

「集。こいつも、おまえになら開けられる。やれ。この世界からAPウィルスを駆逐するために、おまえの力を使え」

「……わかった」

集はカメラヴォイドを構え、ボタンを押した。

カシャッという古いカメラのシャッター音に似た音が響いて、一瞬、辺りがネガ反転して見えたかと思うと、飛び出していた支柱が勝手に動き出し、見る間に壁に、床に、天井に格納されていく。

「すごい……」

呆然《ぼうぜん》と集が呟くのを聞きながら、涯は壁の一点を見つめ続けた。

すべての支柱が壁に吸い込まれてフラットになると、最後にその壁が、鋼鉄で編まれたタペストリーのような部分が解《ほど》けてぽっかりと口を開けた。

開いた――《パンドラ》が。

息を吸い、逸《はや》る心を鎮めて、涯はその部屋へと足を踏み入れた。

ここは、普通だ。

何の変哲もない研究室。だが、稼動している。モニターには灯《あか》りが点り、部屋をぼんやりと照らし出している。

「！」

まるで待ち構えていたかのようにモニターに文字が現れた。

……血が沸騰《ふっとう》した。

その場で憤死しなかったのが不思議なくらいだった。

砕けそうなほど強く奥歯を噛み、涯はモニターを撃った。弾倉が空になるまで、ありったけの弾丸を叩き込んだ。

「涯!?」

驚いたように駆け込んできた集に向かい、

「……撤収だ」

湧き上がる怒りを無理やりに呑み込んで吐き捨てるように言い、集といのりを突き飛ば

すようにして、涯は部屋を出た。

『――《石》は私の物だ。S・Keidou』

砕けて火花を散らすモニターには、そう表示されていたのだった。


桜満玄周《クロス》の墓の前に立ち、茎道修一郎は炎を吹き上げながら山ごと崩れていく施設を見下ろしていた。鳥居が倒れ、燃えながら砕ける。

跡形も残さないこの手際は、城戸研二の仕業だろう。さすがは天才ボマーだ。東京スカイツリーの爆破にしても、GHQの連中が、見つけた爆弾のいくつかを解除したりしなければ、倒壊などせずに、折り畳まれるように崩れたはずだ。

「……幸福な日々を想うよりなお大いなる苦しみはなし、だ。そうは思わんか?」

茎道は玄周《クロス》の墓を見下ろして言った。

「私は止まらんよ、玄周《クロス》。いや、止められぬ。それが《進化》というものだ。この《石》がそう望んでいるのだ」

恋人の体であるかのように、茎道は金属のシリンダーをその胸にかき抱いた。

「――過ちは、正さねばならん」

GUILTY CROWN REQUIEM SCORE 2

GUILTY CROWN
REQUIEM SCORE

09 捕食 prey

夏休みはあっという間だったな、と集は祭《はれ》と共に街を歩きながら思った。

暑さはまだ残っているけれど、真夏の只中に比べれば陽射《ひざ》しもずいぶんと柔らかくなったし、夕方には虫も鳴くようになった。アンチボディズが失脚しても、表向き、GHQの活動には何の変化もなかった。ワクチンの接種も続いている。

そもそもアンチボディズはその存在自体が表ざたになってはいないのだから当然かもしれなかったが、あまりに普通に続いている日常に、集はふと、違和感を覚えることもあった。

それは自分が《葬儀社》に染まってきている証拠だろうか、とも思う。

大島で兵士の死体を見ても、もちろん怖くはあったけれど、最初のときのように吐いたりはしなかった。

結局、あの作戦で《はじまりの石》とかいう物は手に入らなかった。涯は、確かにあそこにあったと確信しているようだったが、理由はわからない。

無論、手に入らなかったからといってそれであきらめたわけではなく、葬儀社の面々はその行方を追いかけている。

探索は主にツグミの役割だ。《はじまりの石》というのは相当に重要な品だから、それを移送すれば必ず痕跡が残るらしく、それを根気よく追いかけているらしい。それを城戸研二も手伝っていると聞いた。彼は爆弾だけではなく、情報戦も得意としているらしい。ハッカーとしての腕前はツグミといい勝負だと、この間の作戦のあとで綾瀬が言っていた。

その綾瀬、及び他のメンバーは、いつもと同じように訓練にいそしんでいるはずだった。

集は自分も参加をした方がいいかと涯に訊いたが、学校に行くように命じられた。

「大丈夫だとは思うが、供奉院亜里沙の動向に気をはらえ。彼女は俺たちを見ている。俺の顔は《葬儀社》の首魁《しゅかい》として、ネットに出回っているからな。一緒にいたおまえが俺との――《葬儀社》との関係を疑われる可能性はある。GHQにも連行されていることだしな」

そう涯は言ったが、いまのところ亜里沙からは何のアプローチもなかった。

その涯は、いのりと共にどこかに出かけていた。何をしにどこへ行くのか、涯はもちろん、いのりも、教えてはくれなかった。

なんだよ、と思わなくはない。二人で出かけているという事実が、胸をざわつかせる。ついつい余計なことを考えそうになる。悪夢でしかない想像を、集はもう何度目か忘れたくらい、無理やりに追い払った。

「どこにする？　集」

制服姿の祭《はれ》がすぐ横を歩きながら言い、集は、え？　と言った。

「え、じゃないよ。素材を集めに来たんでしょ？　どんなイメージなの？」

「ああ、うん……」

そうだった、と集は手の中のハンディビデオカメラを見た。もうじき行われる文化祭の展示に、映像研究会はいのりを主役にした映像を作ることになっている。今日はその素材集めに、集と祭《はれ》は外に出たのだった。

といってもあてがあるわけではない。どんな映像にするかまだ固まっていなかったから、それを含めてのロケーションハンティングだった。

本当は草間花音も一緒に来るはずだったのだが、用事が出来たとかで学校に残った。クラス委員の方の仕事らしい。颯太は、大島で撮ったいのりの映像を加工するのに夢中で、そもそも来る気もなく、結果的に祭《はれ》と二人で出かけることになったのだった。

「とりあえず、もう少し歩いてみようよ。祭《はれ》も、いのりにあいそうな、これっていう素材があったら教えてよ」

「……うん、わかった」

一瞬、祭《はれ》の表情が曇ったように見えたが、街路樹が落とす影のせいだったのかもしれない。

ちゃんとロケハンしなきゃ、と思い、集はカメラを構えた。と――

「――集っ」

押し殺したような男の声が耳に飛び込んできて、集は足を止めた。

「きゃ」

「あ、ごめん！」

背中に、どん、と祭《はれ》がぶつかったのだ。いまのは急に止まった自分が悪い。

「どうしたの……？」

「うん――」

言いつつ、集は辺りを見回した。いまのは、たぶん――

「集っ」

（――谷尋！）

建物と建物の間の薄暗い路地にうずくまるようにして人目を避けている寒川谷尋を、集は見つけた。やっぱり谷尋だった。ひそめたぐらいで声の本質は変わらない。

ほっとした。

最初に感じたのは、その気持ちだった。生きていた、良かった、と。だけど――

「谷尋くん!?」

驚いている祭《はれ》を背中に庇《かば》うようにして、集は路地へ向かった。じわり、と心の奥から湧いてきた怒りが、最初の気持ちを塗りつぶしていった。

逃げ出すかと思ったが、谷尋は疲れたような、ほっとしたような、けれどもやはり挑発的な皮肉めいた笑みを浮かべて、そこで待っていた。

傍に行くと、ひどく臭った。

路地の臭いじゃない。谷尋だ。もうずいぶんと風呂に入っていないのか、玉葱《たまねぎ》の腐ったような臭いがして胃がむかむかした。

「……なんだ、お楽しみの途中か」

祭《はれ》をちらと見て谷尋は唇を歪《ゆが》めた。ところどころ茶色く色素の沈着した歯が覗く。谷尋の息も、またひどく臭った。

「何の用だよ」

つい、強い口調になってしまった。すると谷尋は驚いたように集を見、目を伏せた。見る影もない、っていうのはこういうことを言うんだろうか。裏切るからだ、と自分の一部が谷尋を嗤った。いい気味だ、と。

どうしてたんだよ、とか、どこにいたんだよ、とでも言ってもらえると思ったか？　心配してたんだぞ、と言ってもらえるとでも？　馬鹿いうな！　裏切り者のくせに！

「僕ら、忙しいんだ。文化祭の準備をしなくちゃならないからさ。僕たち合宿で大島にも行ったんだぜ？　楽しかったよ。ＧＨＱに事情を訊かれたのは、ドラッグを売ってるやつのことを訊かれただけだって、皆、わかってくれたしさ」

谷尋の顔が強張《こわば》る。

俺のことをしゃべったのか、とその眼は言っていた。しゃべるもんか。だけど、結局は自分の心配かよ。

集はうんざりした。もう、こんなやつに関わりあいたくなかった。

「――行こう、祭《はれ》」

「え、でも……」

「いいんだ。谷尋は僕らより大事なものがあるんだから。そのためなら僕らのことを平気で突き飛ばすんだ。僕らがどうなろうと構わないんだ。そうだろ？　どうなるかわかっていて、でも、ああしたんだからさ」

「……否定は、しねえよ……」

搾り出すように谷尋は呟き、けど、と顔を上げた。

「調子のいいこと言ってんのはわかってる！　けど頼む！　集！　祭《はれ》でもいい！　なあ、金、貸してくれ！　金が要《い》るんだよ！」

「……颯太にもそう言って、僕の情報と引き換えに金をめぐんでもらったんだろ？」

谷尋の顔が強張り、垢《あか》の積層した頬にヒビが入ったようにも見えた。

「集、どういうこと？」

祭《はれ》の手が袖をつかんで揺さぶった。集はそれをそっと解くと、

「祭《はれ》、ごめん。今日は帰ってもらえるかな」

「え、でも……」

「ちょっと、谷尋と話したいことがあるんだ。男と——男の話なんだ」

気が変わった。他にもまだ、自分たちのことについて何か知っているなら、訊き出しておいた方がいいかもしれない。

集は手にしていたカメラを祭《はれ》に押し付けるように渡した。

「持って帰ってくれるかな？　お願い」

返事を聞かず集は谷尋を振り向き、

「ここじゃ目立つ。向こうに歩きながら話そう」

そう言って、路地の奥を示した。

谷尋の目は、こいつは誰だ、と問いかけているような気がしたが、構わず顎を上げて奥へ行くように促した。


（どう、しちゃったの……集？）

明るく人通りの多い歩道に一人取り残された祭《はれ》は、ハンディカメラを胸に押し付けて、暗がりに消えていく集と谷尋を見送るしか出来なかった。

まるで別人みたいだった。谷尋ではなく——集が。あんな風に怖い集を、祭《はれ》は見たこと

がなかった。

（いやっ……）

集が変わってしまっていたなんて、そんなのは嫌だった。

集にはいつだって優しい王様であってほしい。さっきのことには、何か理由があると思いたかった。きっと、あの集をあんな風にまで怒らせる何かが谷尋との間にあったのだ。そうに決まっている。

確かめなくては。

それをせずに帰ることなんか出来なかった。また待っているだけなんていやだった。胸が潰れそうなのに何も出来ない時間を過ごすのは。それはこの前の、集がGHQに連れて行かれたときに学んだ。あのときだけで十分だった。

意を決し、祭《はれ》はカメラをトートバッグに押し込むと、まだ饐《す》えた谷尋の体臭の残る路地に勇気を奮い起こして足を踏み入れ、あとを追った。


コインパーキングに停めた特殊車輛の中から集たちのやり取りを見ていた嘘界少佐は、心から嬉しそうに目を細めてほくそ笑んだ。

桜満集——彼を見張っていてやはり正解だった。

というよりも上手くいった。

城戸研二が収監されていた第四隔離施設内の隔離病棟――その実体はアポカリプスウィルス解明のための人体実験施設――から逃げた被検体を追えと命令されたときは、正直、適当な理由をつけて他の人間にやらせるつもりでいた。

キャンサー狩り。

アンチボディズでは、症状の進んだアポカリプスウィルス患者を処理することをそう呼んでいたが、これはその一種だ。生産性のない、実につまらない仕事だ。そう思った。

だがそのリストの中に寒川谷尋の弟――寒川潤《じゅん》の名前を見つけて、嘘界は心変わりした。

寒川谷尋は桜満集の関係者だ。

寒川谷尋が桜満集を頼れば、また、あの《力》の発現を見ることが出来るかもしれない。

そう思ったからだ。

もっとも、寒川谷尋は桜満集を裏切り、GHQに引き渡した本人だ。そう簡単には頼らないとわかっていた。ゆえに嘘界は先手を打って、寒川谷尋が頼りそうなところを潰していった。

強引な手段を取る必要はない。

立ち回りそうな先に、GHQの兵士を置いておけばそれで済む。

そうしておいて、桜満集へとステップアップする道筋は残しておいた。

魂館颯太、という踏み台だ。

案の定、寒川谷尋は窮して魂館颯太を頼った。そこからが少々、予定よりも時間がかかったが、友人を頼る——巻き込むという心理的なハードルが下がった寒川谷尋は、ようやく桜満集に接触してくれた。

「……さて、これからですねえ」

嘘界は携帯のクロスワードパズルの画面を終了し、部下に命じて車を発進させた。


谷尋、と彼の後ろを歩きながら、集は言った。

「なんでお金が必要だったのかは嘘界って人から聞いたよ。それで？　僕たちを売って手に入れたお金で、弟は治ったの？」

「……嫌な言い方するな」

谷尋は僅かに振り返って、引き攣《つ》ったような笑い方をした。

「事実だろ？」

集は、胃の辺りで渦巻く怒りをどうしようも出来ずにいた。あのときの恐怖は今でも忘れていない。もうだめだと本気で思った。拷問されて殺されるんだと本気で考えた。

なのに——金を貸せだって？

ふざけてる。僕たちは、おまえの弟を治すための財布じゃない。その怒りがふつふつと、

体の内側で湧いていた。

「ああ、そうだよ……」

谷尋は搾り出すように言った。

「治すどころじゃない。施設がやばくなったら、連中、患者を処分し始めやがった。意味、わかるか？　殺すってことだ。……くそっ、処分ってなんだよ！　俺たちは――潤はゴミじゃねえぞ！　あいつらは俺たちを人間だなんて思ってなかったんだ！」

知ってるよ、と集は言いかけてやめた。よく知ってる。連中は、日本人をどこからでも狙い撃てる武器を積んだ人工衛星を打ち上げていたのだし、結局は、嘘界ではなく、涯の言っていたことの方が正しかったということだ。

震えて聳《そび》えた谷尋の肩が、がっくりと落ちた。

「……だから俺、潤を連れて逃げたんだ。あいつらはあそこにいた患者のほとんどを殺したんだと思う。俺は――俺たちは、そのことにいち早く気がついて逃げ出した。俺たちの他にも何十人も逃げた。だけど、ほとんどは施設の外に出ることもできずに殺された」

そんなことがあったとは知らなかった。

まったく気にならなかったかと言えば嘘になるが、しかし、集は集で、あの時は自分のことで精一杯だった。腕は二本。城戸研二を引きずり、いのりを抱えるようにすれば、それでもう手は一杯だった。

「俺と潤は何とか逃げ出せた。逃げて、逃げて、逃げ続けて、何とかGHQの目を掻い潜《くぐ》って今日までやって来た。けど……やっぱり金なんだよ。金がなかったら何も出来ないってこと、俺はこの二ヶ月で思い知った。とっくに知ってたはずなのにな」

谷尋は笑った。だがその笑いは、どこかすすり泣きのようでもあって、集の怒りの炎を揺らがせ、消そうと風を吹かせた。

「だからって……よく、僕の前に顔を出せたね」

「しょうがなかったんだ。頼れそうなとこは手が回ってて……マスコミも警察も信用できねえし、もうおまえのところしか」

「勝手すぎるだろ……」

「わかってるよ！」

谷尋は振り返って怒鳴った。

「けど、潤を守れるのは俺しかいないんだ！　頼む、集！　いくらでもいいんだ！　貸してくれたら、おまえにヤバイものを見せてやるから！」

「ヤバイもの……？」

「あ、ああ！」

こちらが興味を示すと、谷尋は貪欲《どんよく》に喰《く》らい付いてきた。

「そ、そうだ！　おまえ、いまでも葬儀社の連中とつるんでるんだろ!?　楪が一緒だった

もんな！　だったら役に立つはずだ！　ＧＨＱが日本国民に隠してる秘密だ！　そいつを暴露すれば、あいつらの信用は間違いなく地に落ちる！　そうだよ！　頼む！　葬儀社の連中から、金、引っ張ってくれよ！」

うんざりだった。

金。金。金。

いっそもう、帰ってしまおうか。だけど——本当に重要な秘密を谷尋が握っているなら、涯の役に立てるかもしれない。

そんなことをふと思って、集は思わず笑ってしまった。涯のためって。

「……わかったよ」

「本当か!?」

「でも、その重要な秘密ってやつを見てからだ。僕はおまえをもう信用してない」

谷尋は一瞬、傷ついたような顔をした。だがそれはすぐに皮肉に取って代わり、媚《こ》びるような笑みになり、こっちだ、と踵を返した。

「ダン。逃亡中のキャンサー816を補捉したぜ！」

開発の途中で放棄されたショッピングモールの端に車を停めた嘘界が、車内のマルチモニターのひとつに映る暑苦しい笑顔の上官に笑顔でそう告げると、周囲で部下の兵士が、

ぎょっとした顔になった。

「位置は今送る！　至急、エンドレイヴを派遣してくれ！」

『いいぞ！　ナイスガッツだ、スカーフェイス！』

二回目、と嘘界は心のノートにスタンプを押した。

『聞いたな、ローワン！』

ダン・イーグルマン大佐が吠えると、隣のモニターに映るローワン大尉が、生真面目な様子で敬礼した。

『了解しました。一八地区のエンドレイヴを起動させ、向かわせます』

『いいぞ！　全部出せ！』

イーグルマンは丸太の先にくっついたボウリングの弾のような拳を握った。

『三機全てですか？』

『そうだ！　獅子は鼠を倒すにも全力を尽くすものだ！　違うか!?』

『……了解しました』

あからさまではないが、不満を滲ませた声でローワンは答えた。もっともイーグルマンにはまるで通じていないようだが。

『よし！　というわけだ、スカーフェイス！　任せたぞ！』

「オーケー、ダン！」

三回目、と思いながら、嘘界はカメラに向かって手袋をした親指を立てて見せた。

「俺に任せてくれ！　ガッツでミッションクリアだ！」

『その意気だ、スカーフェイス！』

プツ、と通信が切れ、モニターは黒く染まった。

四回、と呟きながら嘘界はいつものポーカーフェイスに戻り、呆気に取られている部下たちに向かって、

「……処世術ですよ」

と言って、モール周辺の監視カメラをハックした映像を見ながら手ずから入れた紅茶を静かに飲んだ。

そうして、スタンプが十個貯まったらどうやってあの男を殺そうか、と考えた。


あからさまに舌を打つ音が聞こえて、通話を終えたローワンは、エンドレイヴ遠隔コクピットを振り返って、小さく嘆息した。

ずらりと並んだ《コフィン》のひとつに、白いパイロットスーツを着込んだダリル・ヤン少尉が剣呑な様子で座っている。

少尉はこのところ、ずっと様子がおかしい。塞ぎこんでいるというか、近寄りがたい雰囲気を撒き散らしている。一ヶ月ほど前、あれは誕生日の会食の次の日だったろうか、同

僚のエンドレイヴパイロットを失明するほど殴り、長官の意向もあって裁判にはならなかったが、独房に収監されることになった。

ダリルは全ての面会を拒み、誰も寄せ付けなかった。三日前、ようやく房を出ても、すさんだ様子は変わらず、いまのところ話しかけるのはローワンだけという情況だった。

（やれやれ……）

ローワンは踵を返すとコクピットに近づいていった。パイロットのメンタルメンテナンスも自分の仕事だ、と言い訳しながらポケットに手を突っ込む。

「ヤン少尉」

呼びかけると、それだけで相手を殺すことの出来そうな目で睨まれた。

「できるのか？」

「……僕を誰だと思ってるんだよ」

吐き捨てるように言って、ダリルはヘルメットを被《かぶ》る。

「うん、そうだな。余計なことを言った。――ああ、そうだ。これ」

ローワンはポケットから手を引き抜くと、握っていたものを放った。それはダリルの腹部辺りにぽとりと落ちて、ライトの光にきらりと輝いた。

ダリルが怪訝そうにそれを持ち上げる。なんてことのないメタルのバングルだ。

「……なんだよ、これ」

「バースデープレゼント。誕生日が近いって言ってたろ？　本当は、先月渡すつもりだったんだが、少尉、独房に入って出てこないから」

ダリルの目が大きく見開かれた。なぜか青白かった頬に健康的な赤みが射す。

「……ばっ、ばっかじゃねーの！　いまさら誕生日とか、遅すぎだっての！」

ダリルはバングルをぎゅっと握ると、笑い出しそうになるのを我慢しているかのように頬を引き攣らせた。

「うん、悪かった。まあ、安物だし、気に入らなかったら捨ててくれていいから」

「ふ、ふん……確かに安物だよな。素材、プラチナとかじゃないし。でもまあ、もらっといてやるよっ」

そう言うとダリルはバングルをスーツの上から左の手首に嵌《は》め、なぜかぐいと手の甲で目の辺りをこすった。

ほんと、たいしたことないよな、と言いながら手首を何度も返して見るダリルの様子に、ローワンは苦笑しながらタブレットの端末を操作した。

スクリーンにゴーチェの三面図が映し出される。さあ、仕事だ。

「――少尉。君のゴーチェには今回、新装備が搭載《とうさい》された」

ダリルは顔を上げてスクリーンを見た。その表情からは、あの剣呑さが消えていた。口ではああ言っていたが、気に入ってもらえたのだろうか。

タブレットに指を滑らせて、ゴーチェの右腕をズームする。

「《遺伝子キャプチャー》だ。有線バイオプシープローブが、ゲノムレゾナンスの共鳴波を自動追尾してくれる」

「ミサイルか?」

「いや。目標の遺伝子情報を取り込むための装置らしい。嘘界少佐が、どこからか調達してきたんだ」

「たかがキャンサー狩りに大袈裟だね」

「まあ、あの人が何を考えているのかわからないのはいまに始まったことじゃない」

「そりゃそうだ」

あははっ、と笑ってダリルはシートに体を横たえた。

彼の笑い声を聞いたのは久しぶりだ、と思いながら、ローワンは《コフィン》のキャノピーを下ろし、他のパイロットと共にゴーチェとのリンクを開始した。


「こっちだ……」

谷尋がそう言って扉を開けるのを、集は緊張した面持ちで見守った。一瞬、また罠じゃないか、という怖れが頭をもたげたが、それを面《おもて》に出したら馬鹿にされると思い、押し殺した。

建物は完成したものの、テナントが思うように集まらずに開店することなく放置されたショッピングモールの、広場に近い店舗のひとつに、谷尋は潤と隠れ住んでいるらしかった。

「こいよ」

顎で促す谷尋に頷き、集は中に入った。

ここも臭いがひどい。

「この奥――」

と谷尋が言った途端、その場所の方から大きな、何かが落ちたような音が聞こえた。

「潤!?」

谷尋が駆け出し、集は迷ったあとで追いかけた。奥の小さな部屋に入った途端、集は、うっと息を呑んだ。床に何かが転がっている。鳥の羽根のような形をした、鱗とでも呼べばいいのか、そんなものを体中から生やした人間、のように見える。

谷尋はその人のようなものを抱き上げて、

「潤、また落ちたのか……しょうがないやつだな。痛いところ、ないか?」

そう話しかけた。

「ア、ア……」

「大丈夫だ、潤。兄ちゃんの――友達、だ」

集は、ぎくりとした。鉱物に埋もれたような目がこっちを見た気がしたのだ。

「まさか……」

ああ、と言いながら、谷尋は半ば鉱物と化した人間を、ダンボール箱を並べて布を敷いただけの簡易ベッドの上に寝かせた。

「弟の潤だ。アポカリプスウィルス症状が進むと、こうなる。意識はあるが、本当に意思があるかどうかはわからない。ＧＨＱは、ワクチンを打てば絶対安心みたいなことを言ってるが、そんなのは嘘だ。俺は、あそこで潤と同じか、それよりもひどい患者を何人も見た」

振り返った谷尋は、どこか狂気じみた笑みを浮かべている。

「どうだ！　すげえネタだろ⁉　こいつを発表すれば日本人はＧＨＱを信じなくなる！　葬儀社も高く買ってくれるよな⁉　な⁉」

集はため息をついて、携帯を取り出した。

「……無駄だよ」

「え……？」

「そんなこと、葬儀社はとっくにやってる。情報戦は現代戦では常識だろ？　ネットを見てないのか？　葬儀社が発信したメッセージは最初のひとつじゃない。二の矢、三の矢でＧＨＱの悪行を暴露してる。だけどそんなの誰も信じない。こんなの、お金になんかなら

ないよ」

集はアドレスを呼び出し、電話をかけた。

「ま、まってくれよ、集――」

「ちょっと黙っててよ、谷尋。――あ。すいません、集です。涯は――いえ、もう出たならいいんです。ちょっと保護してほしい人がいて――ええ、アポカリプスウィルスの患者と、その家族です。僕らが襲撃した第四隔離施設にいたんです。だいぶキャンサー化が進んでて――はい、わかりました。ポイントＢ９に十五分後。ピックアップよろしくお願いします」

通話を切り、集は携帯を畳んだ。

「集、おまえ……」

別人を見るような目で自分を見る谷尋に、

「君がしたことを許したわけじゃない。でも、潤くんに罪はないだろ」

吐き捨てるように集は言って、潤を運び出す準備をしろと谷尋に命じた。

この辺りだと思ったんだけど、と祭《はれ》は薄暗いショッピングモールを見回した。集たちのことはとっくに見失っていたけれど、ここに入ったことだけは間違いなかった。

だけどここは広い。

すでに日は暮れかかっているし、もうあきらめて帰ろうか、と思ったとき、凄《すさ》まじい音を立てて門を破って巨大な車が中に入ってきた。祭《はれ》は咄嗟に柱の陰に隠れた。車だけじゃない。テレビでしか見たことがない巨大なロボットが三機、その後に続いて滑るように続いた。

祭《はれ》は必死に悲鳴を呑み込んだ。

見つかったら駄目、と本能が告げていた。きっと怖いことになる。できるだけ身を縮め、陰に隠れるようにした。

巨大なロボットは肩に備え付けた投光機で一点を照らし出した。ドアにGHQと描かれた車の屋根の蓋が開いて、コートを着た一人の男が現れた。髪を後ろに撫で付けて、マイクを手に不吉な笑みを浮かべている。

「――ナンバー816、寒川谷尋、そこにいるのはわかっています。ウィルスを撒き散らし、迷惑をかけてはいけません。おとなしく我々に投降しなさい！」

ウィルス！

祭《はれ》は口と鼻を押さえた。わけがわからなかった。

どうして谷尋くんの名前が出るの？　あの車とロボットがGHQなら出て行った方が安全なの？

だが、その気にはなれなかった。何か車のコートの人の横顔には、禍々《まがまが》しいものを感じ

る。

「出てこないというのなら——除染を始めさせてもらいますよ」

男が手を上げるとロボットが震えながら足を踏み出し、タイルの床を踏み砕いた。

窓を避けて壁の陰に隠れた谷尋が、ちくしょう、と小さく呟くのを聞きながら、集は素早く敵の数と位置を確認した。

ゴーチェが三機。後ろの車は見たところ武装はない。だが、あれは——あの車の上に立っているのは、嘘界少佐だ！

「集、あっちに止まってるトラックを使おう。俺が奪ってくるから、おまえは潤を——」

「駄目だ！」

集は谷尋に向かった。

谷尋の傍では台車に載せられた潤が小さな呻《うめ》くような声をさっきから上げていた。何を言おうとしているのかはわからないが、耳に障る。

「脱出路を空けて敵を誘い出すのは戦術の基本だ。そんな素人《しろうと》考えじゃ——死ぬよ？」

腕を伸ばす。切り抜けるにはこれしかない。

「！」

谷尋に手首をつかまれ、遺伝子を《開く》ことを阻止された。

「おまえいま、何をしようとした！」

集は舌を打った。こんなときに面倒くさい！

「僕にはヴォイドがある！　人の心を武器として取り出す力だ！　エンドレイヴだって倒せる僕だけの力だ！　わかったら僕の前にひざまずけ！」

「何言ってんだ、おまえ！　いかれてんのか!?」

谷尋の顔が歪む。

「ふざけんな！　外の連中、おまえが呼んだんじゃないのか!?　さっきの電話で俺たちを売ったんだろう！　偽善者め！」

怒りが沸騰し、集は腕を振りほどいた。

「黙れよっ、裏切り者っ!!」

谷尋が息を呑む。

「僕は君みたいに裏切ったりしない！　見捨てたりしない！　約束通り潤くんだって逃がしてみせる！　助かりたければ、おまえは黙って僕に使われてればいいんだよ！」

一歩下がった谷尋を追いかけるようにして、集はその目を睨みつけながら《罪》の刻まれた右腕を胸に叩きつけた。螺旋が開き、その奥から《ハサミ》の柄が現れる。つかみ、集はそれを優しさの欠片もなく引き抜いた。

「ああぁっ！」

のけぞりながらかすれた悲鳴を上げ、谷尋が倒れる。手の中の彼の《心》は、前に見たときよりもさらに禍々しく滑るような光を放つ刃を備えていた。

がたん、と音がして振り返ると、潤が台車から転がり落ちていた。集は駆け寄り、

「大丈夫、お兄さんは無事だから。ちょっと心を借りてるだけだから」

「ひ、ひが――」

違う、と言おうとしたのだろうか？　何が違うのかを問おうとしたとき、壁が爆発して吹き飛び、ゴーチェが侵入してきた。

投光機に照らされ、集は顔に手をかざした。

『――You again!?　Faceless!!』

スピーカーからそう声が轟き、腕が上がって巨大な爪のようなものがこちらを向く。

(狙いは谷尋たちじゃなく、僕なのか!?)

ぱんと乾いた音を立てて爪が跳び出し、唸りながら襲い掛かってくる。集は、空中を駆け上がり、それを谷尋の《ハサミ》で寸断した。

「どういう手品だよっ！」

叫び、ダリルは素早くパネルを操作した。その間に《顔なし》は空中を逃げる。

「けど、今日のは特別なんだよねえっ！」

次弾のキャプチャーを発射する。《顔なし》はジグザグに逃げてかわしたが、バイオプシープローブが姿勢を制御して追尾する。逃げられないと悟ったか、《顔なし》は再びプローブを寸断して破壊した。

ダリルは嬉しくなって唇を舐めた。

「やるねえ！　だったら連射だったらどうっ⁉」

指を滑らせ、残弾をすべて発射する。唸りながら《顔なし》を目掛けてプローブは襲い掛かる。それは毒蛇の牙だ。だが――

「うあああああああああああああああああああああっ」

そんな叫び声が上がったかと思うと、

「なにっ⁉」

モニターに《顔なし》以外のゲノムレゾナンスの表示が出現し、プローブがいっせいにそちらに向きを変えた。何が、と思う間もなくプローブはカバーを展開し、先端の針が半ば以上肉体が鋼質化した少年に突き刺さり、そのまま天井へ縫いつけた。

「おい嘘界！　どうなってんだよっ！」

プローブは言うことを聞かないまま、貫いたＡＰウィルス患者のデータを取り始めている。

それが、流れ込んでくる。

「ぎゃっ！」

突如、凄まじい痛みに襲われて、ダリルはのけぞった。

「EVO！」

緊急ベイルアウトを指示する声が聞こえた瞬間、ダリルは痛みから解放された。ゴーチェとのリンクを全て断たれた証《あかし》だった。

「なんだってんだ！」

ヘルメットを脱ぎ捨て、ダリルは目の前の大型スクリーンを見上げた。

ここから遠くはなれたショッピングモールで、分身でもあったゴーチェのボディに変化が起きていた。機体が震え、鳥の羽根にも見える鱗のような結晶が生えた。だが、何よりおかしいのは、自分とのリンクがこうして切れているのに、ゴーチェが自律起動していることだった。

「リブート・ピンを全て打ち込め！」

ローワンの声が響き停止信号が打ち込まれる。だが効果はなく、ダリルの仮初の肉体であったエンドレイヴは、もともと巨大な化け物であったかのように咆哮《ほうこう》した。

（桜満集のあの奇跡の力と、キャンサー化したAP患者が同じゲノムレゾナンス反応を起こすとは……予定外ではありますが、実に興味深いですね）

車の上に立ったまま双眼鏡で中の情況を観察していた嘘界は、ふっと笑った。

(それとこの情況も。なぜ、ゴーチェがキャンサー化しているのですか?)

さらにわからないのは、末期の少年のキャンサーが、吸い取られたかのように全て消えてしまったことだ。あの《キャプチャー》は遺伝子情報を収集するためだけのものではなかったということなのだろうか。

基礎部分は無断で借用したブラックボックスだから、ありえない話ではなかった。

あれを設計したのは桜満春夏博士だ。《プロジェクトGC》というファイルの中から見つけて拝借した代物だった。計画の詳細はわからなかったが、アポカリプスウィルスの根治計画のようだということだけはわかった。ウィルスによって引き起こされる遺伝子異常を解析し、その分析を元にウィルスの分離と除去、及び、遺伝子の正常化を目指すというものだ。

ゴーチェに搭載した《遺伝子キャプチャー》は、その内の遺伝子解析部分の回路とプログラムを組み込んで嘘界が密かに製造させたものだった。開発部によれば、設計図通りに回路を組み、プログラムを搭載したものの、それがどういう効果を生むのかは一切わからなかったという。どちらも解析が出来ない代物だったらしい。

桜満春夏は天才と呼ばれる類《たぐい》の人間だということなのだろう。

とはいえ、基本が完成していれば応用は可能だ。回路とプログラムはブラックボックス

のまま、ゲノムレゾナンスを追尾する装置を組み込んでゴーチェに搭載された。

それが、あのような効果を生むとは。

ともあれ無機物のキャンサー化というのは面白い。

ＡＰウィルスは物質をも変容させるということなのだろうか？　だとすれば、そもそもそれはウィルスと定義されるものなのか？

解明のためには、あのゴーチェを確保する必要がある。

「ローワン。あのゴーチェを無力化し、確保してください。貴重なサンプルです」

『了解しました』

すぐに待機していたゴーチェが移動を開始した。建物の中に飛び込み、しかし次の瞬間、弾き出されて転倒した。

凄まじい衝撃とともに抉《えぐ》れたタイルの破片が飛び散り、嘘界は手摺《てすり》にしっかりとつかまって耐えねばならなかった。

追いかけるように建物から飛び出してきたキャンサー化したゴーチェが、けだものじみた動きで倒れた僚機を腰部で寸断した。しかも素手で。普通ならばそんな運用をすれば手は粉々に砕けてしまう。だが、キャンサーが鎧の籠手《こて》のような役割を果たし、保護していた。

内臓を引きずり出すかのようにコードを引き千切るそのゴーチェに、別の僚機が背後か

ら銃撃を浴びせた。

弾はキャンサー化した部分に阻まれて跳弾し、火花を散らした。キャンサー化したゴーチェの《遺伝子キャプチャー》を装備していた腕が倍近く伸び、僚機の頭をがっちりとつかみ、鞭のようにしなって床へと叩きつけた。

一撃で潰れ、もげた。

破片が撒き散らされ、痙攣《けいれん》し、動きが止まる。

あっという間に残りのゴーチェを潰されてしまった。オペレーターがいないとは信じられない動きだ。それともいるのだろうか。

(まさか……あの少年——寒川潤ですか?)

そもそもエンドレイヴの遠隔操縦装置の基礎理論は、APウィルス研究の副産物だと聞いたことがある。ゲノムレゾナンスを引き起こし、その同調により感覚共有を行うのだとか——ならば、遺伝子情報を取り込んだ際にAPウィルスが移動し、寒川潤と同じ波長のゲノムレゾナンスをあのゴーチェが引き起こしたのだとすれば、感覚共有が起きることもありえなくはないのかもしれない。

(確保することができれば、ローワン大尉に詳しく分析させられたのでしょうが……これはとても無理のようですね)

僚機を砕き続ける化け物のように変質したゴーチェの姿に、嘘界はそう悟った。

「――ローワン大尉。撤退します」

『了解しました。退路を確保します』

嘘界は車の屋根をたたいた。

車はすぐにバックで動き出し、怪物と呼ぶに相応しいゴーチェは見る間に遠くなった。

追って来る気配はない。

あれが何であれ、後始末は桜満集がしてくれるだろう。そう、嘘界は思っていた。

「死なないでくださいね……つまらなくなりますから」

嘘界は遠くなるにつれて闇に融けていく怪物のようなゴーチェの奥にいるであろう集に向かってそう呟き、小さくほくそ笑んだ。


「潤くん！　しっかりしてくれ、潤くん！」

集は倒れて動かない潤の肩をつかんで揺すったが、目を覚ます気配はなかった。どこかでこの子はもうだめだと囁く自分の声がしていた。潤の腹部には針というには余りに大きい、釘を打ち込まれたような穴が開いていて、そこから血が流れ出し、手を当ててみても掌との隙間から溢《あふ》れて止まらなかった。

「なんで！　なんでこんなことになってんだよ！」

あんな風に大見得を切ったのに、何も出来ないなんて、こんなことがあるはずがない。

そんなの、あっちゃいけない！

「死んじゃだめだ！　僕は谷尋に誓っちゃったんだぞ！　こんなの――」

地響きと共に建物が軋《きし》む音がして集は振り返り、息を呑んだ。

怪物のようになったゴーチェがそこにいた。

キャンサーに覆われていない方のカメラアイが血のように赤く輝き、自分たちを不気味に見下ろしていた。集は潤から手を離し、血まみれの手で谷尋のヴォイドである《ハサミ》握り締めた。

だが、ゴーチェは歪んだ動きで向きを変えるとその不気味な腕を伸ばし、谷尋を鷲掴《わしづか》みにして持ち上げた。

マイクが唸りをあげた。まるで獣の声のように。ただのハウリングのはずなのに、そこに集は殺意のようなものを感じた。

（こいつは谷尋を殺すつもりだ！）

そう思えた。

「やめろ！」

集は飛び上がり、ゴーチェの胸部に《ハサミ》を突き入れた。このまま両断すれば、誰が操縦していても、リンクは途切れるはずだった。糸が切れればエンドレイヴはただの鋼鉄の塊に過ぎない。だが――

（なんだ⁉）

辺りの風景が変わっていた。霧のかかった薄暗い場所に、集は一人立っていた。谷尋も、潤もいない。と――不意に背中が明るくなり、集は振り返った。

霧をスクリーンにするように、映像が浮かび上がっていた。

「これは、六本木……？」

写真で見たことがある。若い芸術家の作品を集めたとかで、教科書にも載っている六本木の公園だった。だが、あそこは他の場所同様、瓦礫《がれき》と化したはずだ。

「じゃあ、これはロストクリスマスの前の光景、なのか……？」

わけがわからなかった。

さっきまでショッピングモールにいたはずなのに、ここはいったい――

「僕の心の――ヴォイドの世界、とでも言えばいいでしょうか」

振り向くと、白衣を着た少年が立っていた。

「君は……潤くん……？」

キャンサーのない、綺麗な顔をした少年は確かに、さっきまで倒れていた寒川潤に違いなかった。だが、白衣に穴はなく、血も流れてはいない。

潤は柔らかく微笑んだ。

「ようやく話せましたね。これは、僕が一番幸せだった時間の記憶です。二〇二九年十二

月二十四日。ロストクリスマスの起こる少し前……僕は兄さんにプレゼントをもらった」

潤はそっと手首に巻いた時計を撫でた。秒針の先端がロケットになった玩具のような腕時計だった。

「僕はこの幸せな思い出だけ抱いて、もう旅立ちたい」

潤はそっと、集の手の中の《ハサミ》を指した。

「集さん。そのヴォイドで僕の命を切ってください。兄さんのヴォイドは命を切るヴォイド。僕を殺すためのヴォイドです」

「え――」

集は自分の耳を疑った。

潤はいま、なんて言った？　自分を殺すための、ヴォイド……？　そんな――

「僕の自由を奪った結晶が、代わりにヴォイドを見える目をくれました」

微笑む潤の周囲に螺旋の輪が出現した。

「そこには、僕に見せる兄さんとは別の兄さんがいた。僕を守り、愛してくれる兄さんと、僕を疎《うと》ましいと思う兄さん……僕はもう、何度も優しい人の優しくない人の《心》を見ました。友達。親戚のおばさん。医療センターの人。多分、集さん、あなたも」

集はびくりと体を震わせた。

「これ以上生きていれば、何度でもこの悲しみが僕を襲います。兄さんのことを嫌いにな

ってしまう。素敵な兄さんを大好きな僕のまま、僕は逝きたいんです。だから――」

「だから、僕に君を殺せっていうのか!? そんなの――」

「勝手、ですよね。でも、だったらあなたは違うんですか？ さっき僕に死んでほしくないと思ったのは、僕を助けたかったからじゃないですよね。絶対助けるって言ったのにそれが出来なかったのを兄さんに――誰かに責められたくなかったからだ」

反論は出来なかった。繕《つくろ》ってもだめだ。潤の目は心を見透かす。それが、彼が自由と引き換えに得たものなのだ。望んだものではないのだろうけれど。

「お願いです、集さん」

背後のスクリーンの中で爆発が起こり、集は振り返った。炎が上がり、人々が逃げ惑っている。その中に、幼い谷尋と潤の姿もあった。

「ロスト、クリスマス……」

そこに不意に《いま》の映像が重なった。

キャンサー化の進んだゴーチェが谷尋を握りつぶそうとしている、その映像が。

「谷尋!?」

「お願いです、集さん！ このままじゃ僕は、兄さんを殺してしまう！」

集は潤を見た。なくなったはずの結晶が、潤の腕に、顔に、ぷつぷつと生えてきて半身を覆い始めている。

《ハサミ》を構え、切先を二重螺旋の輪に差し入れる。

だが——切れなかった。

これが潤の命で、この《ハサミ》がそれを断ち切るためにあるのだとしたら、少し力を籠《こ》めただけで潤は死ぬということだ。この手で人を殺すということだ。

（そんなこと……！）

潤が笑った。

ケタケタと、狂気を孕《はら》んで笑った。

「兄さん！　僕がいて迷惑だった⁉　僕が兄さんの人生をめちゃくちゃにした⁉　僕のこと嫌いだった⁉　嫌いだったよね！　僕のことを殺したいってずっと思っていたんだよね⁉　だってこの《ハサミ》はそのためのものなんだもの‼　僕とのつながりを断ち切るための《ハサミ》だもの‼　わかるよ‼　僕だって兄さんのことなんかっ——」

ゴーチェの手に力がこもる。

「やめろおっ！」

ばつん。

集の手の中で《ハサミ》の刃が閉じ、潤の命の螺旋を断ち切った。

「——大好き、だよ」

はっとして集は顔を上げた。

潤は微笑んでいた。

彼には谷尋を殺す気なんて、潰す気なんてなかった。そうわかった。

ずん、と手が重くなった。

まるで潤がそこに乗っているかのように重くなった。血まみれの手が重かった。

そうして。

気がつけば、幻は消えていた。

いつの間にか降り出していた雨の音だけが辺りを闇と共に包んで、目の前には動かなくなったゴーチェと、肌が蠟《ろう》のように白くなった潤が倒れていた。

「は……はは……」

集は髪をかきあげ、そのまま拳を握り締めた。ぶちぶちと髪がちぎれた。

「兄弟で……僕を騙《だま》して……君たち、は……」

ぎり、と奥歯を噛み締め、集は《ハサミ》を落とした。不思議と澄んだ綺麗な音が、闇の中に静かに響いた。


同じ雨の中、祭《はれ》は二人の近くまで行ったものの、集の顔を見て足が止まってしまった。

胸が掻き毟られるような、そんな顔をしている。

いったい何が起きたのか、わからなかった。

戦いが始まってしばらくしてあのロボットが仲間割れを始めたかと思うと、ＧＨＱが逃げ出した。そして、残ったロボットは今度は谷尋を殺そうとし、集が見たこともないような巨大なハサミをロボットに突き立てた。するとロボットは停止し、それきり動かなくなった。

祭《はれ》はそれを、集から預かったカメラで録画していた。

もしまたＧＨＱに集が連れて行かれたときの助けになればと思って咄嗟にしたことだったが、いま思うとどこからそんな勇気が湧いてきたのか不思議だった。我に返ってすぐに警察に電話をしたが、何故かアンテナが立たずに通話もメールもできなかった。

かすかなうめき声が聞こえて、立ち尽くす集の目の前に座り込んでいた谷尋が顔を上げた。

「ここ、は……？」

軽く頭を叩き、谷尋ははっとしたように集を見た。

「集！　潤は!?　潤はどうし――」

唇が動き、集が何かを言ったようだった。だが、祭《はれ》には聞き取れなかった。

「おまえいま、なんて――」

うろたえた谷尋の声が雨に途切れる。

そんな彼の手に、集は何かを乗せた。腕時計？　そう見えた。壊れているような、遠目

からでも変形してねじれた時計だった。

「集、どういう——」

「死んだよ」

びくり、と谷尋が震えた。

集が、笑った。

その笑顔に、祭《はれ》はぎゅっと胸元をつかんだ。怖い、と思った。笑っているのに、それはとても、とても怖い笑顔だった。

「僕が、殺したんだ」

雷鳴が轟き、集の狂気めいた笑顔を白く塗りつぶした。

＊

「これを覚えておけ」

移動するトレーラーの中で、涯はいのりの前に置かれた投影機のスイッチを押し、楽譜を表示させた。

「こいつが《鍵》となる」

大島であの《石》を奪ったのは、やはり茎道修一郎だった。だが、その茎道が拘束され

たという情報が入ってきたのだ。そしてGHQのヤン長官が、《はじまりの石》を持ってアメリカに帰国するという情報ももたらされた。

ならば奪還するチャンスはある。

その後に必要となるのが、この《歌》だ。《扉》を開く形のない《鍵》だ。

「……違う」

いのりがゆっくりと首を振り、涯を振り仰いだ。

その目に涯は怯んだ。

ありえないはずの、その意思に。

「何を――」

もう一度、いのりは首を振った。

「――この歌は、もう、違うの」

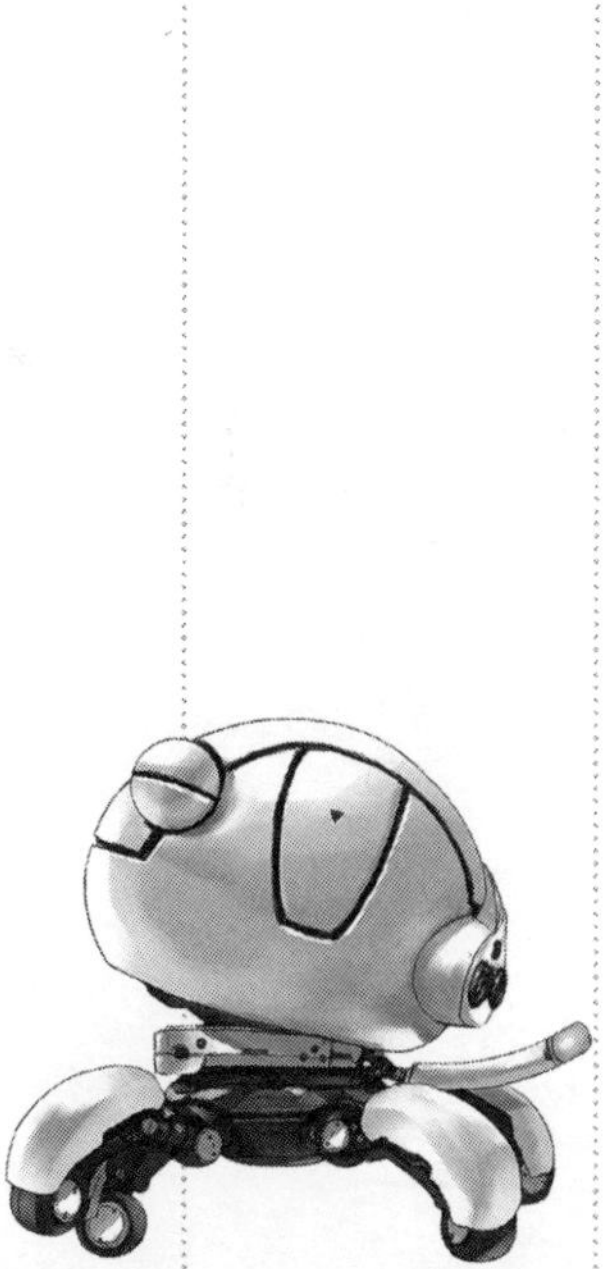

GUILTY CROWN REQUIEM SCORE 2

GUILTY CROWN
REQUIEM SCORE

10 縮退 retraction

――恙神涯が来る。

その報《しら》せを聞いた供奉院亞里沙は、朝から躍る心を抑えることができなかった。

あの船上パーティのあと、彼の正体は祖父に訊くまでもなくすぐにわかった。名前で検索すれば幾万とヒットし、その中には投稿動画もあったからだ。

世間を騒がすテロリスト《葬儀社》の犯行声明――その中央にいつも座っているのが、他ならぬ彼、恙神涯だった。

その動画を何回観たかわからない。他のメンバーが顔を隠す中で、いつも堂々と面を晒《さら》して揺るがない姿勢とその瞳の強さに、亞里沙はどうしようもなくひきつけられた。

あの目が自分を見抜いたのだ。隠し通してきた本当の自分を。

あの感覚――彼の前に全裸で立たされ、奥の奥まで観られたような気持ち。祖父の目にもそうしたところはあるが、その時に感じるのは恥辱と恐怖だけだった。だが、涯の視線にはそれだけではない心地よさがあった。もっと見てほしいと思わせる何かが。

彼がテロリストだとわかっても、動揺も絶望もしなかった。祖父も裏社会に通じている人間だ。堅気とはいえない人間をこの家で見るのは珍しいことではなかった。

むしろ、恙神涯はこの家の客としては相応《ふさわ》しい。

亜里沙はワードローブから引っ張り出した服をいくつも体に当てながら、どれが自分を一番綺麗に見せてくれるだろう、と考えた。

涯の好みはわからない。

こういったドレスよりも、和服の方がいいだろうか？　あの髪と目の色からは、日本人なのかどうなのかも判断できない。名前は日本風だが、顔立ちにはどこか異国の雰囲気がある。

（……これにしよう）

亜里沙は、この前の船上パーティのときのドレスに雰囲気の似た服を選んだ。同じでは芸がないが、かといってかけ離れていては思い出してもらえないかもしれない。

着替え、ナチュラルにメイクをして、けれど唇だけは少し色を載せた。

「……恙神涯」

名前を呟《つぶや》くと、とくん、と胸が鼓動を強く打つ。それが楽しくて、亜里沙は鏡に向かって何度も、彼の名前を呟いた。

その時、扉がノックされ、亜里沙は驚いて跳ねるように背筋を伸ばした。

「――お嬢様。お客様が御到着されました。ご案内をお願いいたします」

「わかりました」

平静を繕《つくろ》って亞里沙は返事をし、もう一度鏡を覗《のぞ》いて自分の姿を確認した。

（こんなに綺麗なわたくしをアルマジロ呼ばわりするなんて……ひどい人だわ）

だけど正しい。

部屋を出てメイドに、下がっていい、と告げ、ひとりで廊下を玄関へと向かった。自然と足が早くなってしまうのを堪《こら》える。そんなみっともないところは見せられない。

巨木の幹をそのまま用いた衝立《ついたて》の前に、恙神涯は佇《たたず》んでいた。

当たり前だが、今日はボーイの姿ではなかった。ネットの動画で見た、黒いロングコートという恰好だった。とても暑そうなのだけれど額には汗ひとつかいてはいない。

供奉院の屋敷は古いこともあるが、何よりも祖父が嫌うので冷房をあまり効かせていない。使用人は毎日汗まみれになりながらそれに耐えている。

「……お待たせいたしました」

鼓動の速さを悟られないよう、亞里沙は平静を装って声をかけた。

だが、それも彼が振り向いて自分を見るまでだった。

その灰色の目がこちらを向いた瞬間、はじけそうなくらいに胸は高鳴り、声を上げそうになるのを堪えなければならなかった。

「……やあ」

涯は、場合によっては馴《な》れ馴《な》れしいと罵倒されるような笑みを浮かべた。だが、亞里沙

はそれを不快には感じなかった。むしろ距離の近さを感じる。

「今日は、お招きいただいて感謝いたします」

一転、今度は大仰とも言える仕草で深々と頭を下げてみせる。これも人によっては嫌味と感じるものだ。だが、亜里沙は笑ってしまった。

「あ、もうしわけございません、お客様に対してこのような——」

「かまいませんよ。私は体裁などにはこだわらないので」

亜里沙は微笑《ほほえ》み、

「さ、こちらですわ、恙神様」

「涯、と」

驚いて彼を見ると、涯は人懐こいけれどどこか意地の悪そうな笑みを浮かべた。

「仲間は皆、そう呼びます。出来ればあなたにもそう呼んでいただきたい」

「わ、わかりました……」

亜里沙は頰が熱くなるのを隠すために顔を逸《そ》らした。

「では、こちらへ——涯」

「失礼致します」

靴を脱ぐのを待って、亜里沙は先に立って長い廊下を歩いた。半歩後ろを涯が黙ってついてくる。ただそれだけのことなのに、いつもはどこか寒々しい廊下が暖かく感じられた。

彼の存在が見ずとも感じられ、いつもは前に立つだけで竦《すく》みあがってしまう祖父の部屋の扉を叩くときも、何故《なぜ》か恐怖を感じなかった。

「お祖父様。お客様をお連れ致しました」

「……入れ」

地獄の底から聞こえてくるかのような祖父の声も、今日はただの老人の声だった。

亜里沙は、失礼します、と言って扉を開き、涯を中へ促した。自分はその後で入って扉を閉め、そそくさと祖父から少しはなれた部屋の隅に立った。マネキンのように。

祖父は一人掛けのソファーにふんぞり返るように座って、目の前のテーブルに積まれた分厚いファイルを手に持った杖でいきなり、ばん、と叩いた。

亜里沙はびくっと体を震わせてしまった。涯がちらりと自分を見てふっと笑ったような気がして、体が熱くなった。

「まったく君には驚かされる」

もう一度、今度は軽く叩く。そのファイルには『恙神涯に関する調査報告』という表題が貼り付けられている。

「まさか、日本を騒がすテロリスト《葬儀社》の首魁が、あの男の息子だとは」

あの男?

誰のことを指すのか、亜里沙には見当もつかなかった。

「形だけのことです」

「かもしれん。だが、我らに疑念が生じたのも確かだ。あれの一切は茶番だったのではないのか、とな」

「もし、そう見えたのだとしたら――」

涯は、微笑んでいるのにもかかわらず、恐ろしいと亜里沙に思わせる笑みを浮かべた。

「――あなたの目は私が思っているよりも老いが進んでいるということですな」

亜里沙は怖気立《おじけだ》った。祖父にこんな口をきくなんて！　けれど、早く謝って、と言うこともできなかった。そんなことをすれば、でしゃばるな、と怒鳴られ、あとでひどい折檻が待っているに違いなかったから。

だが、祖父は吠えなかった。

「ふん、言いおるわ。だが、わしはおまえの本心が知りたい。この報告書と、わしの抱《いだ》いた印象は違う。なるほど確かに《葬儀社》はＧＨＱの欺瞞《ぎまん》を暴き、日本の解放を目指しておるように見える。人体実験場を潰《つぶ》し、ルーカサイトも潰した。だが、な。どれもこれもが何かのついでのようにわしには思えてならん。おまえの言葉は確かに人の心を揺さぶる。だがそれはおまえの言葉ではあるまい？　わしはおまえの本心が知りたい。おまえの目的はなんだ？　おまえは何のために戦っている？」

すっと涯の顔から微笑が消えた。あの目だ、と亜里沙は思った。自分を裸にしたあの目。

本当の、恙神涯の目だ。

「……女のためです」

亜里沙は、はっとした。

「ある女をこの手で抱く——そのために、私は戦っています。日本の解放はそのついで、と言ったところでしょうか」

心臓が凍りつきそうなほど体が冷たくなるのを、亜里沙は感じた。自分のことではない。あたりまえだ。でもどうしてそれがこんなに、この世の全てが終わったかのような気持ちになるのか、それがわからなかった。

いや、嘘だ。そうじゃない。

自分はどこかで期待していたのだ。自分が身を捧《ささ》げる相手がこの人だったら、と。祖父の前に立って怯《ひる》まず、一目で自分のことを見抜いたこの人になら、とどこかで思っていたのだと今気づかされた。

(けれど——)

亜里沙は気づかれぬよう笑みを浮かべたまま、血が滲《にじ》むほど強く手の甲に爪を立てた。

「面白い！」

祖父は骨ばった手で膝を打った。

「日本を救うのは女のついでか！　おまえのような男は初めてだ！」

呵々大笑し、そのあとで、見た者がすくみ上がるようないつもの笑みを浮かべた。亞里沙は鳥肌が立つのをどうすることもできなかったが、涯は変わらず飄々《ひょうひょう》とそれを受け流している。

祖父はあごひげを撫《な》で、

「……例の《石》はヤンの手に渡った。やつはそれを手に本国に凱旋《がいせん》するつもりのようだ。お前たちが襲撃に失敗した横田への輸送隊はデコイ。本物は羽田から運び出される」

笑みを消すと涯を睨《にら》むように見た。

「あれは日本人が持っているべきものだ。そうは思わんかね?」

「無論です」

涯は胸に手を当て、深々と頭を下げた。

「あの《石》を、連中には絶対に渡しません」

「どうでしたか、涯?」

運転席でそう訊く四分儀の質問にすぐには答えず、涯はシートに体を沈めてコートの襟のフックを外して緩めた。

「……やつめ、船では猫を被っていやがった。今日改めて会ってわかった。あれは間違いなく虎だ。老虎だ。気を抜けばこっちが喉を食いちぎられる」

「では今の内に殺しておきますか?」

車を出しながら四分儀が言うのに、涯は首を振った。

「いまは早い。有益な情報もくれることだしな」

「ほう?」

四分儀は尾行の有無を確認するために、こまめに角を曲がる。

「このまえ襲撃した輸送隊は囮《おとり》だそうだ。《はじまりの石》は羽田から特別機で運び出される」

「では、その運び出しを阻止できなければ、我々の敗北ということですね」

「そういうことになるな」

残念ながら《葬儀社》には対空兵器はあっても航空兵器はない。あれはエンドレイヴと違って運用が難しい。ヘリであれ飛行機であれ、使うためにはそれなりの場所がいる。海に逃げられたら追いかける手段はなかった。

「……桜満集はどうしますか?」

尾行がついていないことを確認し終え、四分儀はスピードを上げた。

(集か……)

涯はため息をついた。

事情は聞いた。自分がいない間にGHQと戦い、クラスメートの寒川谷尋の弟である寒

川潤を、結果的に死なせたという。話を聞く限りでは集が狙われたというよりも、ステージの進んだAPウィルス患者である弟と、それを連れまわしていた谷尋が目標だったように思える。

しかし、精神的なショックは大きかったようだ。

家に閉じこもったきりで外に出ようとしないらしい。電話にも出ず、メールの返信もない状態が続いているようだ。

「俺が一度、話をしてみる」

エアコンの吹き出し口を調整しながら、涯は言った。

「それで駄目なら、やつは作戦から外す。《石》の奪還は、やつのヴォイドがなければ遂行不能なミッションではない」

それに——と涯は口に出さずに思った——《はじまりの石》さえ手に入れば《王の力》ももはや必要ない。単身でエンドレイヴを倒せる戦力は魅力だが、いのりが戦えないマイナスを考えると、天秤《てんびん》は難しい傾きを示す。

（潮時かもしれないな……）

涯はかすかな疼《うず》きを胸に感じた。良心というやつかもしれない。

集に対してだけではない。

あの《石》の奪還を目指す本当の意味、それを知れば皆も決して、恙神涯という男を許

さないだろうから。

＊

自分の悲鳴で集は跳ねるように飛び起き、僅《わず》かの間、自分がどこにいるのかを思い出せずに軽いパニックになった。

そうだ、家だ。

（夢、か……）

そうとわかると、どっと疲れた。

よく思い出せなかったが、見ていたのは潤の命を絶ったあのときのことではなかったように思う。どこか——教会のようなところで、辺りは一面、炎に包まれている感じだった。

そしてそこに、誰かがいた。

綺麗で、でもとても怖い、よく知っているようで、少しも知らない——誰か。その人が、自分を覗きこむようにして何かを言っていた。

（あれは、誰……？）

顔を思い出そうとしたら抉るような胃痛に襲われ、集は呻いて体を二つに折った。枕元に置いた携帯が目に入り、着信に気づいた。開くと、不在着信が二十一件、メールがその

倍近く入っていた。

誰からか確かめる気になれず、集は汗っぽいベッドに放ると、ふらふらとキッチンに向かった。リビングにいのりの姿はなかった。涯と一緒に出かけてからこっち、まだ一度も帰ってきていない。

（初めからいなかったみたいだ……）

がらんとした部屋を見て、前はこうだったんだよな、と思い出した。

しびれたような頭のままキッチンに行き、冷蔵庫を開けて麦茶を飲んだ。ぬるっとしていた口の中が少しさっぱりした。そういえば何日学校に行っていないか思い出せなかった。そもそも前回いつ食事をしたのかを思い出せなかった。

チャイムが鳴った。

「……うるさいな……」

口を拭い、集はまたベッドに戻ろうとした。だが——

「集、いるんでしょ!?」

怒鳴りつけるようなそんな声と共に叩きつけるようにドアが開いた。キッチンから寝室へと続く廊下は、ちょうど玄関から見通しのいい場所にあって、集は、突然差し込んできた光に手をかざし、目を眇《すが》めた。

「綾瀬さん……？」

だった。

逆光でも怒っているのがわかる。

「どういうつもりよっ！」

びりっと空気が震えた。

綾瀬は車椅子の車輪を回し、一息で目の前にまで来た。このマンションはバリアフリーだから、玄関も低い。フローリングに車輪のあとがついたんじゃないか、と集はぼんやりと思ったが感情に上手《うま》く繋《つな》がらなかった。

「電話も出ない！　メールも返さない！　何考えてんのっ⁉　ＧＨＱに襲われたっていうから心配したのに！」

心配、してくれたのか……。

「そのふぬけた様子は何⁉　どうしちゃったのよ、あんたは！」

「やめたいんです……もう」

言葉が勝手に口をついて出た。すると綾瀬の眉が怒りに吊りあがった。

「あんたまさか……キャンサー化した子供を一人救えなかったぐらいで、全部あきらめようっての⁉」

ずん、と肩が重くなった。まるで潤が圧《の》し掛かってきたみたいに重かった。

「ぐらいってなんですか……」

「え？」

「ぐらいってなんですか！　人一人が死んだんですよ⁉　それを、ぐらいってどういうことですか⁉」

「ちょっ、落ち着いて――」

「出来ると思ったんだ！　僕は変わった！　だから僕だって、涯みたいにできるって……」

力が抜け、集はその場にずるりと座り込んだ。

けど、駄目だった。

潤を救うことは出来なかったし、その死を背負って立つことも出来なかった。涯だっていろんな人の死を背負ってそれでも戦っているんだと思おうとしたが、でも、駄目だった。

「でも……僕は……どうしようもなく、桜満集、だったんだ……」

言葉と共に命も抜けていくような気がした。からっぽになっていく。

胸倉をつかまれ、顔を引き起こされた。

「何、悲劇の自分に酔ってるの⁉　いい加減、目を覚ましなさいよ、集！」

「……綾瀬さんは、自分の手で人を殺したことがありますか……？」

「え……？」

「エンドレイヴじゃなく……銃とかでもなく……自分の手で、この生《なま》の手で、誰かを殺し

たことがあるんですか……？」

「それは――」

「消えないんですよ……あの感覚が……命を絶ち切った瞬間の、あの、未来を無理やり奪い取ったその感覚が……」

「集、あんた……」

綾瀬の手が離れ、集は再びぺたりと尻餅をつくように座った。

「――無駄だ、綾瀬」

涯の声がした。

のろりと顔を上げると、玄関に涯といのりが立っていた。

土足のまま、涯が家の中に入ってくる。その靴あとをぼうっと見つめている内に、ごりっと何かが額に押し付けられた。

銃口だった。

その冷たさがじわりと染みてくると共に、頭が冴《さ》えてきた。目の前の死が、呆《ほう》けているのを肉体に許さなかったのかもしれない。集は目を瞬き、ごくりと唾を飲み込んだ。

「待ってください、涯！　もう少しだけ――」

綾瀬の声を無視し、涯の指が引き金にかかる。

「奪われた《はじまりの石》の所在が判明した。奪還作戦を仕掛ける。来い」

「……知らないよ、そんなの！」

集は涯に向かって、刻印のような痣《あざ》が手の甲にある右腕を突き出すように振り上げた。

「僕はこんな力なんか欲しくなかったんだ！　もう、嫌なんだよ！」

ぐ、と額に銃口がより強く押し付けられた。

「ヴォイドゲノムは所有者が死ねば分離できる可能性があるという。試すか？」

集は目を閉じた。それもいいかもしれない、と思えた。こんな生き地獄のような苦しさから逃れられるのなら、自分の死も、《罪の王冠》も涯が引き受けてくれるのなら、それでも構わないと思った。

「そうか」

涯は全てを理解してくれたかのようにそう言うと——引き金を引いた。けれどそれは、カチン、と乾いた音を立ててそれでお終《しま》いだった。

目を開けると、涯が感情の感じられない目で自分を見下ろしていた。

「これでおまえは死人だ」

涯は弾の入っていない銃をしまった。

「二度と俺たちの前に顔を見せるな。いのりもここから引き上げさせる」

「え——」

「いのり。荷物をまとめろ。もうここに用はない」

「……うん」

頷《うなず》き、いのりは靴を脱いで上がると、集の脇を駆け抜けて、自分の部屋のようにして使っていたリビングへと入っていった。

「俺たちは下で待っている。行くぞ、綾瀬」

「……はい」

小さくかすれた声で呟き、綾瀬は集をどこか涙の滲んだ目で睨んだ。

「意気地なし！　一瞬でも仲間だと思ったわたしが馬鹿だったわ！」

その場で車椅子を回転させ、入ってきたときと同じように飛ぶように家を出て行った。

集は切り取られたように明るい玄関を、ただ見つめていることしかできなかった。

「――集」

振り返ると、黒いワンピース姿のいのりが肩にボストンバッグを担いで立っていた。その表情はどこか悲しげで、睫《まつげ》が僅かに震えているように見えた。

「これ、新しい歌なの……」

いのりが、メモリのようなものを差し出した。お別れの品だろうか。集は、再びぼうっとした頭で手を伸ばし、それを受けとろうとした。

「よかったら、聞いて？　集――」

シュウ、と言う声が廊下に響いた瞬間、いのりの姿がぶれた。水仙の花の髪飾りをつけ

た、いのりそっくりな女へと変わり、その両目からは血の涙が溢れ出した。恐怖で喉が引きつる。ばきばきと音を立てて白い肌が硬質化を始め、ケラケラと笑いながら迫ってきた。胸元でどこかで見たことのあるロザリオが揺れる。

——しゅううううううっ！

伸ばされた手を、集は咄嗟《とっさ》に払いのけていた。

「く、来るな、化け物っ！」

そう叫んで。

その瞬間、血の涙を流す化け物は消え、目の前には呆然と立ち尽くすいのりだけがいた。

軽い音を立ててメモリが床に転がり、集はハッと我に返った。

「ち、違うんだ！」

怖いくらいに頭がはっきりとした。取り返しのつかないことをしたのだとわかった。

「ご、ごめん！　僕——」

「いいの、もう」

いのりは、空《から》っぽになってしまった手で自分を抱きしめると、ぎこちなく微笑んだ。

白い頬に、つう、と涙が流れた。

それは、赤くなんかなかった。透明で綺麗な本物の涙だった。そのはかなげな煌《きら》めきは、集から声を奪った。動きを奪った。

「さよなら、集……」

ふわりと甘い香りだけを残して、いのりは出て行った。振り返りもせずに行ってしまった。

ばたん、とドアが閉じられ、集は一人、薄暗い部屋に取り残された。

静けさが耳に痛い。

胸に穴が開くってこんな感じなのかな、と閉じてしまったドアを見ながら、集はぼんやりとした頭で思った。

寒かった。

まだ秋にもなっていないのに、寒くて寒くて——とても耐えられそうになかった。誰かに傍にいて欲しかった。誰でもいいから温めて欲しかった。

ここは、本当に寒すぎるから。

*

ローワンからもらったバングルを弄《いじ》りながらダリルは、なんでパパは僕を連れて行ってくれないんだ、とそのことをずっと考えていた。

父であるヤン少将が急遽《きゅうきょ》、ステイツに帰国することになったのを聞かされたのは今朝

のことだった。当然、自分も一緒に戻れるものだと思っていたのが、下された命令は、父の出発まで警戒任務に就くことだった。

父は何か重要なアイテムをこの国で手に入れ、それを持ち帰らねばならないらしい。そしてそれをあの《葬儀社》が狙っているということだった。

だったら尚更《なおさら》、自分が付いていった方がいいとダリルは父に言ったのだが、すげなく断られてしまった。

それればかりではない。

来年の誕生日は絶対空けておいてよね、と頼むと、おまえももう子供じゃないんだからいつまでも誕生日とか言っているんじゃない、と叱られた。

変だった。おかしかった。

愛する子供の誕生日を祝わないなんてことがどうしてあるのだろう。そんなことがあっていいはずがなかった。

そもそも、どうしていつも誕生日になると仕事が急に入るのだろう。覚えている限りで十三回、父は一度も誕生日に来てはくれなかった。

ロストクリスマスで母が死んでからは、誕生日はいつも一人だった。プレゼントはいつも、誰かが届けてくれるだけだった。

だが、そんなことがあるのだろうか?

息子は何よりも大事な存在のはずだ。父親にとって息子とはそういうもののはずだ。血を分けた家族よりも大事なものなんて、そんなもの——

ちん、と電子音が鳴ってエレベーターが到着を告げ、扉が開いた。

顔を上げたダリルは、全身の血が凍るのを感じた。

目の前に父がいた。

だがその父は、いつも一緒にいるうっとおしい女秘書と、深く唇を重ねていた。

それが挨拶のキスでないことは、ダリルにもわかった。舌を絡ませて喰らいつくようなキスを挨拶とは言わない。

ぶるっと体が震えた。

はっとした父と目が合った。女とも。

「ダリ——」

何かを言おうとした父を、女の手が止めた。言い訳など必要ないでしょう、とでも言うかのように。父はそんな女の仕草に軽く頷き、口を閉じた。

エレベーターの扉が閉じる。

その間際、女が笑った。

いやらしい、勝ち誇った微笑だった。

凍った血が一瞬にして沸騰した。そういうことだったのか、とわかってしまった。自分

はもうとっくに父の一番大事な人間ではなくなっていたのだ、と。

だから、来なかった。

(ママの葬式にも、毎年の僕の誕生日にもっ!!)

ダリルはヘルメットをエレベーターのドアに思い切り投げつけた。ドアが歪み、警報が鳴り響く。頬が濡れてダリルは手の甲でぐいと拭った。

涙ではなく血だった。血の涙だった。

「……汚い……」

ぼそりと呟いて、ダリルはひとり、燃えるように熱い体を引きずるように、エンドレイヴ・オペレート室に向かって歩き出した。

「……除染、しなきゃ……汚いものは……」


体の芯が燃えるような痛みに、涯は小さく呻いた。透析に似た定期的なのりの血液の輸血措置の間隔が目に見えて短くなっていた。

(限界が近い、か……)

ブザー音が鳴り、涯は腕から注射針を引き抜いた。逆に言えば、よくここまでもったとも言える。この体に投与されたウィルスの量を考えればとっくにキャンサー化していてもおかしくはない。

代わりに《ヴォイド》を見る目を、その人間がどんな《ヴォイド》を宿しているかを見ることのできる目を得たが、結局、あの《石》がなければ意味はない。

そしてその《石》は供奉院の情報通り、羽田に到着しようとしている。輸送途中の襲撃も考えたが、空路での襲撃は不可能だった。撃墜するわけにはいかないからだ。そして、《石》はヤン少将と共にヘリで24区を出たと報告があった。

少将が《石》とともに特別機に乗り込んだあとで、機を奪取する以外にはない。正面からぶつかっても勝ち目はなかった。供奉院グループのおかげで物資は足りているが、兵隊が圧倒的に足りない。総力をもってしてもゲリラ戦を仕掛けることしかできない情況にあった。

しかも今回は、集の《王の力》を当てにできないのだ。

「……涯」

仕切りの向こうからいのりの声がした。沈んでいる、とわかった。

「……わたしは、化け物……？」

涯は眉をひそめた。

「なんだそれは？」

こちらに来たいのりを見てハッとした。

「……集に言われたのか？」

一瞬、躊躇《ためら》ったあと、いのりは頷いた。何故そんなことを集が言ったのか、涯には見当もつかなかった。いのりの異常に高い身体能力のことを言っているならいまさらだ。

「……涯。どうしてなのかな……」

いのりは新型のホロスーツの大きく開いた胸元に手を当てた。

「……ここが、すごく痛いの……痛くて……寒いの……」

「それはおまえが、集を好きだったってことだろう」

小さくため息をついて、涯は答えた。

「好、き……？」

「ああ」

「……これが……好き？　わたし……好きなの……？　集のこと、好きなの……？」

俺にそれを訊くのか、と涯は嗤いたくなった。

心を隠して立ち上がり、いのりの肩を叩く。

「まずは生き延びろ。全てはそれからだ——作戦を開始する」

いのりの表情が引き締まり、小さく頷いた。

こういう気持ちの切り替えの早さが集にもあれば、と思ったが、涯は口に出さなかった。

「どういうつもりなんです、茎道局長！」

ボーンクリスマスツリーの地下にある営倉の前に立ち、桜満春夏は拘束されているかつての上司、茎道修一郎に向かい、そう問いただした。

二ヶ月ほど前にアンチボディズが事実上解体され、責任を問われて謹慎処分となった局長の茎道が逮捕、拘束されたという連絡が入ったのは、数日前のことだった。容疑は知らされなかったが、何をしたのかはすぐに聞こえてきた。

詳細を知るために春夏は軍のシステムに侵入し、何があったのかを知った。茎道は、自分の夫であった桜満玄周《クロス》のＩＤを使って大島のＧＨＱの秘密研究所へ侵入し、春夏も存在だけは聞いていた《はじまりの石》を盗み出したというのだ。

しかしそれはありえない話だった。

なぜなら、玄周《クロス》はＧＨＱに協力などしていないからだ。

ＧＨＱがこの国の統治を始めたのはロストクリスマス後――つまり夫の死んだそのあとだ。ＧＨＱに、ＩＤが存在するはずがないのだ。

「いったい、何のメッセージなんです⁉　わたしが気づくようにわざと、あの人の名前を使ったんでしょう⁉　その上あの《石》をヤン少将に渡してしまうなんて！」

だが質問には答えず、茎道は皮肉めいた笑みを浮かべた。

「……島で懐かしい顔を見たよ。ずいぶん大きくなっていたね」

春夏は息を呑《の》んだ。集が合宿に行ったあの時だったとは思いもしなかった。

「しゅ、集を巻き込まないで!」

「もう遅い。彼は継承した――《王の力》を」

春夏は、え、となった。

「集が……ヴォイドゲノムを……?」

「それだけじゃない。彼は葬儀社にも参加しているよ? 彼が大島を合宿場所に選んだのを偶然だと思うかね? そうじゃない。私は彼と、彼の上官である恙神涯と《はじまりの石》を競ったのだよ」

「そんな……」

信じたくなかった。集が――あの人の息子が、テロリストの仲間になって、あの人と同じようにあの《石》に関わっているなど。

だが、茎道は残酷な宣告を続けた。

「楪いのり――君も会ったろう。あの顔、あの姿をした少女が、ただの偶然で彼の隣にいると思うのかね?」

歯を見せて茎道は嗤った。

春夏はもう、倒れてしまわぬよう必死で足に力を入れること、それしかできない。

「コマンダーより全ユニット。目標の輸送機の離陸まで、あと三十分だ」

迷路のように地下に張り巡らされている下水や配管通路を通り、涯は仲間と共に整備場に近い電源施設の地下室に潜みながら、マイクにそう囁いた。

「それまでに俺たちが機体を奪取する。エンドレイヴ部隊は機体奪取の報せと同時に展開、援護を。いいな」

『了解です』

綾瀬の少し緊張した声が返り、続いて他の仲間の返事もあった。空港に近い、血管が剝《む》き出しになったかのような配管の立つ廃工場のあちこちに、仲間は潜んでいる。実際に空港に侵入するのは、涯、いのり、大雲、アルゴの四人だった。機体を奪うまではこちらの動きを知られるわけにはいかないからだ。

空港を閉鎖してくれたのはありがたかった。

でなければ、整備士や他の空港関係者に簡単に見つかって、余計な死者を出さねばならず、また容易に機体に近づくこともできないはずだった。

こちらを警戒するあまりに、それがＧＨＱにとっては裏目に、自分たちにとっては有利な神の采配になった。

涯は電源施設を出ると、一気に特別機を目指した。目立たぬように駐機場のハンガーに半ばを押し込むように駐機してくれているのも、こちらには助かる。

壁に張り付くようにして中を探ると、警備の兵は多くはなかった。貨物室が開いている。

単眼鏡を取り出して中を確認すると、厳重な箱が中央に据えられて固定されているのが見えた。あの中に《はじまりの石》が入っていると見て間違いないだろう。

涯は腕を上げ、制圧を命じた。

アルゴと大雲が頷いて、体格に似合わない身軽さと素早さで物陰から物陰へと移動し、アルゴが外で見張りをしている兵士の喉を掻き切った。折り悪く顔を出した兵士の首を、大雲が軽く捻《ひね》って折る。

短い悲鳴がいくつか続いたが、幸い銃声は起こらなかった。静穏制圧は作戦成功の第一歩だった。大雲が警備の制圧を完了した旨を突き出した手で伝えてきて、涯はいのりと共に特別機に乗り込んだ――が、すぐに様子がおかしいことに気がついた。

乗客がいない。

「涯、おかしくないか、これ――」

アルゴがそう口にしたとき、鈍い振動と共に扉が閉まった。開けようとしたがロックされていて、非常装置も作動しなかった。

それればかりではない。ゆっくりと機体が動き始めた。

「おいおいおい」

アルゴが腹立ち紛れにドアを蹴ったが開くことはなかった。

はめられた。

罠だ。

だが、どこからだ？　供奉院グループに裏切られたのか？

「……涯、どうします？」

大雲が問うのに、

「言うまでもない。脱出して立て直す」

「けど、どうやって！」

アルゴが吠えるのに、

「このままこの機を乗っ取る。外に出たところでGHQの連中がてぐすね引いて待ち構えているだけだ。ならばこいつを乗っ取ってこのまま脱出だ。コクピットに行くぞ」

三人は頷き、涯を先頭に無人の客室を抜けてコクピットを目指した。

扉は当然のように施錠されていた。撃つわけにはいかない。間違って操縦系統を破壊したのではここで終わりになる。

涯は少量の爆薬を使って鍵だけを吹き飛ばし、一気になだれ込んだ。

だが——そこもまた無人だった。

「遠隔操縦かよ！」

アルゴが空っぽの副操縦席に飛び込み、操縦桿《そうじゅうかん》を握った。涯も同じように操縦席に体を滑り込ませ、同じようにした。だが、びくともしなかった。

機体が滑走路に出た。

「おい、涯！」

アルゴの声に振り返ると、モニターに英語でメッセージが映っていた。

『おめでとう恙神涯。ここが天国だ』

涯は、手が白くなるほど操縦桿を強く握りしめた。

この滑走路の先は――海。


『お待ちしておりました、ヤン少将』

スピーカーから聞こえてくるダン・イーグルマン大佐の声に、嘘界少佐は長官が空港の管制室に入ったことを知って、さすがに携帯を畳んだ。

これでようやく役者が揃《そろ》った、というわけだ。

『輸送機の準備はどうかね？』

『嘘界少佐の指揮の下、準備は整っております。――それが例の《石》ですか』

『よけいなことはいわなくてよろしい』

『はっ！』

でかい体で大仰に敬礼をする姿が見えるようだった。

嘘界は薄い笑みを浮かべて、

「カメラのチャンネルをG7に」

傍らの兵にそう命じた。

「あの……そのような回線は存在しませんが」

兵士の怪訝《けげん》そうな顔を楽しみながら、

「あたりまえです。私が仕掛けたのですから。——あ、よいしょ」

自分でパネルを操作して、カメラをいっせいに切り替える。工場、地下道、公園——ありとあらゆる場所に潜んでいる《葬儀社》の姿が映し出された。本人たちは隠れているつもりなのだろうが、その実は丸裸なのだということに気づいていない。

「中継の準備はどうです?」

「完了しています。都内のGHQ管理下の全回線から出力されます」

その中で、最大の物は東京タワーだ。

本来は東京スカイツリーを使用する計画だったのだが、城戸研二に爆破されてしまった。よもや今日のこの日の計画を見越してのこととは思えないが、それでも大きな痛手であったことは確かだ。

(毒電波がどうのというのも、あながち間違っていたとはいえませんしねえ)

嘘界は、喉の奥で笑った。

「では」

マイクを手にし、すうと息を吸った。

「——こちら嘘界少佐。親愛なるアンチボディズの諸君。ワクチンDを接種せよ。繰り返す。ワクチンDを接種せよ」

周りの兵士たちがいっせいに支給された無針注射器を取り出し、腕に当てる。嘘界はすでにすませてある。ここにいる者たちと、そして今の放送を聞いた者たちは、元アンチボディズのメンバーだった。

助かるのはそれだけ。

他の者は知らない。知ったことじゃない。嘘界は手を伸ばし、茎道の用意した《歌》のデータを再生するボタンを押した。

「……茎道局長。これでよろしいのですね？　僕は知りませんよ？」

思わず笑みがこぼれ、嘘界はカメラに映る四角い世界の数々を見上げ、その効果が現れるのをいまやおそしと待ち構えた。


「ツグミ！　この機の遠隔操作を切れ！」

操縦桿をどうにか捻ろうと必死に力を籠めながら、涯は吠えた。このままでは確実に海に突っ込む。飛び上がるほどにはエンジンの出力は上がっていない。

『ちょい待って！』

ツグミの声が聞こえたかと思うと、ふっと操縦桿が軽くなった。

『遮断完了！』

「よし！」

涯はエンジンを切り、操縦桿を捻り車輪を回した。車と違って小回りがきくわけではない。それでもゆっくりと機体は回り、滑走路から外れていく。

その時――

「ぐあっ！」

体を貫いた恐ろしいほどの不快感に、涯は胸をつかんだ。

内側からざらざらとした棘《とげ》が肉を突き破って出てくるような痛みに震えが止まらなくなり、操縦桿に突っ伏してしまった。

どうにもならない。体が言うことをきかない。鼓膜が破れそうな音が頭に響いて、思考を奪っていく。これは、キャンサー化だ！

「おい、どうした涯！――くそ！　なんなんだ、この気味の悪い歌みてえのは！」

アルゴの言葉に、涯はハッとした。

（歌！　茎道のやつ《石》を発動させたのかっ!?　このタイミングで！）

「涯、しっかりしてください！」

大雲に無理やり体を引き剝《は》がされ、起こされると、コクピットの窓の向こうに、ターミ

ナルが迫っていた。

「伏せろおおおおおおおおおおっ！」

アルゴの叫びに凄まじい衝撃と破壊音が混じりあって吹き荒れ、涯は無数の拳で殴打されているかのような痛みの中に放り込まれた。

*

旧天王洲大学の講堂だった映像研究部の部室に駆けつけると、いつも壊れそうで怖いと思っている錆《さ》びた階段に、集はうなだれるようにして座っていた。

祭《はれ》は、心からほっとした。

心配だったのだ。急にメールが来て、助けて、と書いてあったから。

だから授業中にもかかわらず教室を抜け出し、どこからメールが送られてきたのかを位置情報で確認し、ここへ来た。

小さく息をつき、祭《はれ》は階段に向かってゆっくりと歩いていった。

「授業、最後まで聞きたかったなー」

わざと軽く、ふざけるように言った。集が負担に思わないように。

「わたし、古文、結構好きなんだよ？」

「そうなんだ……」

集は顔を上げようとしない。

「もう。いつも言ってるじゃない。覚えてないの？　ひどいなあ」

笑って、集の隣に腰を下ろす。

集からの返事はなかった。

会話が続かない。祭《はれ》はそろえた膝の上で指を組んだり解いたりして、きっかけを探したが何も思いつかなかった。

あの、ショッピングモールでの出来事が頭を離れない。あれから何度もあの時に撮った映像を見返したが、本当のこととは思えないことしか映っていなかった。

助けて、というのはあのことだろうか。

だとしたら自分に何ができるのか、わからなかった。あんな夢みたいなこと、そもそも本当のことかどうかもわからないのに。

「……ねえ、祭《はれ》……」

囁くような集の声に、祭《はれ》はどきりとした。ずり、と集が体をずらすように寄せてきて、祭《はれ》は思わず後ろに下がったが、手摺にそれ以上の後退を阻まれてしまった。

手を取られた。

集の手は驚くほど冷たく、生きていないかのようだった。反対に、祭《はれ》の手は燃えるよう

に熱く、汗をかいていないかどうかがとても気になった。

集の顔が、額がつくほどに近づいて、祭《はれ》は息を呑んだ。

「……近くにいさせてよ、祭《はれ》……。僕、寒いんだ……」

「ね、熱……？」

とは思えなかった。こんなにも額も冷たい。

「……いいでしょ、祭《はれ》……？　だって……祭《はれ》は、僕のこと好きなんだよね……？」

「！」

息が止まった。

ぐ、と顔が近づいてきて、祭《はれ》はその集の頬を思い切り張っていた。

小気味のいい音が響いた。

祭《はれ》は逃げるように立ち上がり、集に背を向けた。

「ご、ごめん、祭《はれ》！」

我に返ったような声で、集がそう言うのが聞こえた。

「何が!?」

祭《はれ》は思わず叫んでいた。熱は去り、代わりに体は氷のように冷たくなっていた。さっきの集と同じように。血の気が引くということがどういうことなのか、祭《はれ》は生まれて初めて本当の意味で理解をした気がした。

「何が悪かったのか、自分で言ってみて！」

「その……」

集は答えられなかった。何が悪かったのかわかっていないのだ。とりあえず謝っておけば丸く収まるからそうしただけなのだ。

腹が立った。

その場だけ何とか切り抜けられればいいという考えが透けてみえて、腹が立ってしかたがなかった。

「ほら、わかってない！　集はわたしのこと全然見てない！　誰でもいいんでしょ!?　わたしを楪さんの代わりにしないで！」

「そんなつもり――」

「本当にない!?　本当になかったっていえる!?」

集は口を閉じ、うなだれた。

しん、とした空気が二人をその距離ごと包んだ。

胸には痛みしかなかった。

集は、いつ気づいたのだろう。それとも、ずっと何となくわかっていて、かまをかけたのだろうか。どちらにしても悲しかった。

「……集は、すごい力を持って、自分のことも見えなくなっちゃったの？」

「え……？」

集が顔を上げる。

「わたし、見たの……集が谷尋君からハサミみたいの取り出して、エンドレイヴを壊すの。あのときの集がかわいそうで、何とか励ましてあげたいって思ったけど――」

どうしようもなく体が震えて、涙があふれて景色が滲んだ。

「でも、いまみたいな集はいや！　そんなの、わたしの好きな集じゃない！」

言った。

言ってしまった。

こんな風に、どさくさに紛れたような形で、告白なんかしたくなかった。

だけど言わずにはいられなかった。

それが悲しくて――祭《はれ》は涙が溢れて止まらなかった。

「ゴメンね、祭《はれ》……本当にゴメンね……」

掠れるような集の声が優しく肩を撫でても、決して自分の気持ちには応えてくれないのだとわかって、どうしようもなく切なかった。

その時――ずん、と重く心に波が立つように響いて、それが涙を止めてしまった。そんな場合ではない、と本能が告げていた。

「……歌……？」

祭《はれ》にはとてもそうは聞こえなかったが、集ははっきりとそう言って、不安げな顔で、いつの間にか垂れ込めていた厚い鉛色の雲を見上げた。

*

扉の向こうで突如として起きた激しい銃声に、春夏は身を竦ませた。さっきからひどく肌が粟立《あわだ》っている。何かが起きていたが、それがなんなのかわからなかった。

銃声はすぐに散発的になり、そして止《や》んだ。

扉が開き始め、春夏はあとじさった。血と硝煙の臭いが流れ込んできて、鼻を刺す。死の臭いだ。嫌というほど嗅いできた臭い。

ベレー帽を被った眼鏡の男を先頭に、カーキ色の制服に身を包んだ男たちが立っていた。その色は、茎道修一郎が率いていたウィルス災害対策局の防疫部隊——アンチボディズの屋内向けの制服だった。

解体されたはずなのに何故、と思う間もなく、春夏は兵士の一人に拘束されていた。

特別営倉の鍵が外され、茎道修一郎が外に出てくる。

全員が、いっせいに敬礼をした。

「お迎えに上がりました——局長」

眼鏡の男が言うと、茎道は大きく頷いた。

「ご苦労、ローワン大尉」

言って、茎道は彼から差し出された無針注射器を受け取ると、それを自分の腕に当てた。

「彼女にも打ってくれたまえ」

「はっ！」

逆らっても無駄とわかりつつも、春夏は抵抗した。だがやはり無駄だった。ぷしゅっという音がして、何かを打たれてしまった。

「いまのは何!?」

「ワクチンだ。この《歌》によって引き起こされるゲノムレゾナンスを抑制するためのな。おまえにも来てもらうぞ、春夏」

「いったい何を考えているんです、あなたは！」

「人類の未来だよ」

手錠が擦《こす》れて赤くなったところを、茎道は擦《さす》りながら微笑んだ。

「あの日、あの失われたクリスマスの続きを、これから始めるのだ」

「……駄目……やめて……」

ターミナルに突っ込み、大破したコクピットの中で体を丸め、いのりは震えた。

自分でも何が起きているのか、何を言っているのかわからなかった。だが、そうなのだとわかった。駄目なのだと。

どうしてか、わかった。

「……この歌じゃないの……駄目……起きてしまう……あの人が……」


六本木の街が一望できるビルの一室で、白いコートに身を包んだ眉の太い少年は、野火のように広がり始めた喧騒と狂乱を見下ろしていた。

あの《歌》が流れ始めてまだ十分と経《た》っていないのに影響はそこここで現れている。

ワクチンの効き目が薄かった者、隠れてすでに相当に症状が進行していた者が、次々とキャンサー化していく。

最終的に、全身の全てがキャンサー化した者は、分子の結合が崩れて肉体が崩壊し、消滅してしまう。塵《ちり》も残さず。

まさしく、ロストクリスマスの再現だった。

「年甲斐もなく行くつもりですか、シュウイチロウ?」

茎道にユウと呼ばれていた少年は、波打つ雲海を見上げ、嬉しそうに微笑んだ。

「あなたは、本当に楽しい男だ」

11　共鳴　resonance

嘘界少佐の放送を聞き、ダリルは自分でワクチンDを打ち、新しいヘルメットを被って《コフィン》のシートに横たわった。ローワン大尉は特命で席を外しており代わりの人間がサポートについていたが、興味もなかった。

「――いいぞ、やれ」

すぐにリンクが開始され、共鳴作用によって精神がゴーチェへと飛ぶ。肉体から精神が引き剝がされるような感覚には、体の内側を擦られるような快感がある。スワップのような無理やりでなければ、高揚感も伴う。

けれど、今日は違った。

視界が戻ると目の前には戦場があった。ターミナルには輸送機が突っ込んで煙を上げており、周囲を囲んだ兵士が銃撃を仕掛けていた。空港の周辺でも戦闘が起きているらしく、激しい砲撃と爆発音が聞こえた。

だが、ダリルの目的はそこではなかった。足裏のローラーを起動して滑るように管制塔へと向かう。

嘘界少佐から、父であるヤン少将に若い恋人がいるという話を聞いたときは、嘘だと思

っていた。母が死んでからまだ十年しか経っていないのに、愛が消えてしまったなどありえない話だった。

しかし、見てしまった。

父の、母以外の女とのキスなど見たくはなかった。

けれど、あれは気の迷いだったのかもしれない。父も男だ。女に迫られたら拒めない気持ちのこともあるだろう。だから――最後に確かめることにした。父がまだ自分と母を愛してくれているなら、わかるはずだ。

管制塔に到着したダリルは、ジャンプして管制室の隣の建物の屋根に飛び乗り、中を覗き込んだ。

（なんだ、これ……？）

兵士たちがキャンサー化している。全員ではないが、その中にはダン・イーグルマンの姿もあった。痛むのか、大きな体を床に打ちつけるようにしてのたうっている。

ゴーチェの首をめぐらせ、ダリルは父を探した。

いた。

父は女秘書と共に後ろに下がり、壁に背中を押し付けるようにして呆然《ぼうぜん》と周りで起こっている騒乱を見つめている。

秘書を守るように抱きしめているその姿に、ダリルはぎりと怒りを噛《か》み締め、窓を砕い

てライフルを突き入れ、巨大な銃口を二人の鼻面に突きつけた。

耳障りな悲鳴を女秘書が上げる。

「そ、葬儀社か!?」秘書を抱きしめながら、父が叫んだ。「わ、私はGHQ最高司令官、ヤン少将だ！　の、望みは《石》か!?」

「《石》？　そんなものいらないよ」

スピーカーをオンにして答えると、

「！　ダリル、か……？」

安堵《あんど》と恐怖が綯《な》い交ぜになった顔に、ダリルは舌を打った。

「……機体番号８２３」

ぐい、と銃口をさらに突きつける。

「何の番号だかわかる？　パパ」

父の眉が顰《ひそ》められる。

……わからないのか。やっぱりわからないのか！　八月二十三日は、僕の――

「僕の誕生日だよ、パパァァァァァァァ！」

ダリルは叫んだ。

「パパが！　パパが一度も一緒に祝ってくれなかった、僕の誕生日だ！」

「ま、待て！　ダリ――」

「汚らしいんだよ、あんたたちはあああああああっ！」

ダリルはトリガーにかかった指に力を籠めた。

巨大な銃口がクロスファイアを噴き、三〇㎜弾を至近距離で父と女秘書に叩き込み、その肉体を四散させた。悲鳴を上げる間もなかった。骨が砕け、肉がちぎれ、飛び散った血が、発射炎の熱で蒸発していった。どちらがどちらのものだかわからなくなるまで、ダリルは銃弾を叩き込み続けた。

「ひとつになりたかったんだろっ⁉　これで望みはかなったってわけだよなあっ‼」

『――もういい、少尉』

不意にローワンの声が聞こえ、ダリルはびくっと体を震わせた。

『もう、終わった。……少し休むか？』

気づけば弾倉は空になっていた。

硝煙と粉塵が晴れるとそこには何もなかった。誰もいなかった。瓦礫《がれき》と、なんだかわからない黒い染みがロールシャッハテストの模様のように広がっているだけだった。

きっと、夢だったのだ。

初めから何もなかったのだ。父はあのロストクリスマスの日に、母と共に死んでいたのだ。それが証拠に、こんなにも頭はすっきりとしている。

「大丈夫だよ、僕は」

ふん、と鼻を鳴らし、ダリルは銃口を管制室から引き抜くと弾倉を交換した。

「命令しろよ。どうしたらいい？」

『……わかった。だったら西地区の援護に回ってくれ。葬儀社のエンドレイヴ部隊がいる』

葬儀社のエンドレイヴ！　きしっとダリルは笑った。だったらあの、僕のシュタイナーを奪ったやつもいるかもしれない。

「了解！」

屋根を飛び降りたダリルは、先刻から流れている調子外れのメロディに合わせて鼻歌を歌いつつ、炎と煙を上げる工場地帯を目指してゴーチェを走らせた。


24区からヘリで羽田に到着し、桜満春夏の頭に銃を突きつけて茎道と共に管制室に足を踏み入れた嘘界は、染みと肉片に成り果てた少将とその女秘書の姿に愉悦が込み上げてくるのを抑えきれずに唇を舐《な》め、携帯を取り出してシャッターを切った。

死体写真を集めるのは、嘘界の趣味のひとつだった。

桜満春夏は吐き気を堪えるように口を押さえて背中を丸めたが茎道はさすがに動じず、コンソールに近づくとマイクを手にし、スイッチを入れた。

「……私は特殊ウィルス災害対策局長、茎道修一郎だ。テロリストの攻撃により、ヤン少

将は戦死された。軍規に則《のっと》り、臨場している中で最先任指揮官である私が以降の指揮に当たる。テロリストは卑劣にも、東京全域に大規模ウィルス・テロを仕掛けてきた。これは第一級非常事態である」

よく言う、と嘘界はにやりとした。東京全域というのは大袈裟だ。せいぜい山手線内側の以南《いなん》といったところだろう。だが、そんなことはこの場の連中にはわかりはしないし、実際に自分や同僚がキャンサー化しているのを見れば、信じるに決まっていた。

「現時刻をもって、全ての軍はアンチボディズの指揮下に入れ。繰り返す。これは第一級非常事態である！」

「いったい、何をしているのこれは……」

震えながら立つ春夏の後頭部を、嘘界は銃口でゴリゴリとこすった。

「あなたにも協力していただきますよ、桜満博士」

ひゅっと桜満春夏が息を呑む音が聞こえた。実に心地がいい。他人の命を手の上でころりころりと転がすのは。

「――スカーフェイスっ！」

ウィルス死した死体の山の中からそう声がしたかと思うと嘘界は強烈な痛みを頬と顎に感じ、あっというまに床にたたきつけられていた。

ダン・イーグルマンだった。

体の半ばがキャンサー化している。動けるのが不思議だった。そんなことに感心していたらもう一発、殴られて馬乗りされていた。

桜満春夏がタブレット端末を抱えて逃げ出すのが見え、茎道局長が銃を向けたが撃たなかった。肉親の情、というやつだろうか。この男にまだそんなものが残っていることがおかしかった。それとも何か別の目的があるのだろうか。

ダンの太い指に喉をつかまれ、骨が軋《きし》みを上げた。

「女に銃を向けるとは見損なったぞ、スカーフェイスっ！」

嘘界は、くっと笑った。陰で言っていたのもあわせて、これでスタンプ十個。ようやくお別れだ。嘘界はダンの腹部に銃口を押し当てて引き金を引いた。衝撃にダンの太い体が震え、指の力が緩む。

「よいしょっと」

嘘界は足を体の間に折り入れ、蹴るようにしてダンを床に転がした。

「貴、様……」

「今頃ですねえ。私は最初から、あなたのことを見損なっていましたよ」

ダン・イーグルマンの顔面に向かって、嘘界は９㎜弾を叩き込んだ。バグった玩具のように大きな体が愉快に跳ね回る。

「――嘘界少佐」

「はい？」

振り返ると、例の《はじまりの石》の入ったシリンダーをぶらさげた茎道局長が管制室を出ようとしていた。シリンダーは奇妙な音を立てて振動し、微《かす》かに発光している。

「来るかね？　ここにはもう用はない」

「もちろん」

嘘界は携帯でダンのぐちゃぐちゃになった顔面を撮ると、嬉々《きき》として立ち上がった。

＊

『——先ほど十五時四十分ごろ、羽田空港において葬儀社と名乗るテロリストグループがウィルスを使った大規模なテロを行ったとの情報が入りました』

防災無線からの放送に、集は顔を上げて窓を見た。葬儀社のことを含めた全ての話を聞いた祭《はれ》はまだそこにいてくれて、同じように外を見た。

『この事態を受け、臨時政府は特級防疫警報を発令致しました。市民の皆さんは指定ブロックへの退避を急いでください。繰り返します——』

「ウィルス・テロ……」

祭《はれ》が振り返って、集を見た。

「違う！」

座っていた階段から立ち上がり、集は首を振った。

「葬儀社はウィルス・テロなんかしない！　信じて、祭《はれ》！」

『——あたりまえでしょ！』

割れたスピーカーの音でツグミの声が聞こえ、暗がりから傷ついたオートインセクト《ふゅーねる》が現れて、壊れたように止まった。

「ツグ、ミ……？」

『何やってるのよ、集……こっちはみんなやられちゃったのよ……？　涯とも連絡取れないし、四分儀や研二は、復活したアンチボディズに捕まっちゃったわ！』

集は息を呑んだ。

（そんな、みんなが……）

『あんたのせいよ、集！　あんたが来ないから！　あんたがヴォイドを使わないから！　あんたが……』

《ふゅーねる》のスピーカーから、すすり泣く声が聞こえてきて、集は唇を噛んだ。

「でも……僕はもう、涯にいらないって……」

そう言われた。

行きたくないと言ったのは自分だ。それはわかっている。

だけど、涯は説得もしなかった。塵でも捨てるように簡単に放り出した。それが——どうしても胸に引っかかっていた。

「……集？」

祭《はれ》のやさしい声が心を撫でた。

「よく知らないわたしがいうのは、違うかもしれないけど……その人——涯っていう人、集をもうこれ以上、巻き込みたくなかったんじゃないかな……？」

「え——？」

「だって……すごい人なんでしょ？　本当に集に《ヴォイド》を使わせたかったなら、無理やり連れて行っても、巻き込んだんじゃないかな……？　ご、ごめんね、変なこと言って……」

集は目が覚める思いがした。

ちっとも変じゃない。

そうだった。恙神涯という男はそういう人間だ。こっちの気持ちなんかおかまいなしに引きずり回して、自分の思い通りにしてしまう、そういう人間だ。

そんな涯が、あんな簡単に引き下がるなんて——おかしい。

（僕を……戦いから遠ざけるため……？）

そう考えれば、あの態度も納得がいった。捨てられたんじゃない。蚊帳《かや》の外に——いや、

中におかれたんだ。自分たちは外に戦いに向かっておきながら。

腹が立った。

散々《さんざん》巻き込んでおきながらこんな大事な時に、一番大切であろう時にこの僕を頼らないで何とかしようだなんて。

そんな優しさは——馬鹿にしている。散々利用しておいて、ふざけている！

集は拳《こぶし》を強く握り締めて、祭《はれ》を振り返った。

「……ちょっと手伝ってくれるかな、祭《はれ》」

＊

24区の作戦司令室でローワンは、モニターに映し出されている葬儀社の様子を注視しつつ、次々と命令を下していった。嘘界少佐の洞察力には空恐ろしいものがある。これほど適確に敵の行動を読みきるとは。

そもそも《はじまりの石》の羽田からの運び出し自体が罠だった。少佐はヤン少将をおとりとして使い、葬儀社の全戦力を羽田に集めたのだ。

少将をダリル少尉が殺害してしまうとは思わなかったが、茎道局長が実権を長官から奪い、アンチボディズを復活させることは作戦の内だった。ローワンも研究者肌ではあって

も、アンチボディズの一員としての誇りは持っている。

それに、ＡＰウィルスの根本的な解明に繫がるかもしれない《石》を政治の道具に使おうとするなど、許されることではなかった。

その一点だけをもってしても、ローワンは長官に同情する気にはなれなかった。女に現《うつつ》を抜かし、ダリルをないがしろにして精神的に不安定な状態にさせた罪もある。

「葬儀社の残存戦力は、大型トレーラー一、エンドレイヴ一、ターミナル西方に約八名の先頭集団が残るのみです。リーダーの恙神涯は他一名と共に逃走中」

オペレーターの報告にローワンは頷いた。

連中の指揮系統は完全に失われた。幹部を数名、捕虜にしたとの連絡も入っている。

「局長は？」

「先ほど六本木に到着されました」

そうか、と返事をして、上手くいくのだろうか、とローワンは考えた。

ロストクリスマスの続き――局長はそう言った。

それが何を意味するのかローワンにはわからなかった。知る必要はないと言われれば軍人としては従うしかない。

（私はやれることをやるだけだ）

そう自分を納得させ、ローワンはＧＨＱの部隊を六本木周辺へと展開するように命じた。

ターミナルの廊下で足がもつれ、涯は転倒してしまった。力が入らない。背後から迫り来る足音に振り返りざまに撃とうとして、しかし銃は手から落ちてバウンドした。

「涯！」

代わりにいのりが敵を撃ち倒してくれた。大島のときと違い、容赦はなかった。三人の兵士が瞬く間に命を落とした。

情けない。キャンサー化が手足の感覚を奪っている。この進行速度なら、全身がキャンサー化するのにそう時間はかからないだろう。

（くそっ！）

輸送計画そのものが、おそらくは罠だったのだ。《はじまりの石》を発動することができるのは茎道しかいない。まんまとしてやられた。

「涯、わたしなら止められる」

銃を床に置き、抱き起こしながら言ういのりに、涯は首を振った。

「無理だ。ここまでキャンサー化が進んでしまえば、おまえの血でもどうにもならない」

「違うの」

いのりは首を振った。

「わたしなら、あの歌を――」

その時、壁の従業員用の扉が開いて何者かが飛び出してきた。銃を拾って構えるには距離が近すぎて時間がない。いのりも同じ判断をしたのか、涯の腰からナイフを抜くと同時に立ち上がり、相手の腕を取ると共にその首にぴたりと刃を当てた。

だが、引かなかった。

「いのり、ちゃん……？」

（桜満春夏！）

涯は、なぜ彼女がここにいるのか、わからなかった。彼女は茎道の本当の計画のことは知らないはずだ。それを知るのは数人に過ぎない。

す、といのりはナイフを喉から離した。

春夏は震えながらも、

「い、色々訊《き》きたいことはあるけど、まず教えて。集はどこ？　一緒じゃないの？」

母親だな、と涯はうらやましく思った。危うく殺されかけ、いまも命の危険が去ったわけではないのに、まず集の心配とは。血の繋がりは関係ないらしい。

「あいつなら置いてきた」

体を起こし、涯が言うと、春夏は振り向いて目を瞠《みは》った。

「……もしかして、トリトンくん……？」

涯は、ぎょっとした。まさか覚えているとは——わかるとは思わなかった。

「何のことだ？」

「え？　あ、ごめんなさい。昔、うちで預かっていた子に似ていたから。でもそうよね……そんなはずなかったわ。真名ちゃんと一緒に、あの子は死んでしまったんだから……」

涯は小さく息をついた。

「……桜満集はいまごろ天王洲第一高校にいるはずだ。警報が発令されたからな。あそこが避難場所だろう？」

「え、ええ」

ほっとしたように春夏は頷く。

「……でも、来る」

ぽつりといのりがつぶやいた。

「……集はきっと、来る……」

来るはずはない。

そう思いながらも心のどこかで涯は、かもしれないと思っているもう一人の自分を、昔の自分を認めないわけにはいかなかった。

＊

「なんだよ、集。頼みたいことって……」

不安そうな顔の颯太、そして亞里沙と祭《はれ》が映研の部室に集っていた。祭《はれ》に頼んで、呼んできてもらったのだ。避難警報が出た場合、学校に集ることになっていたからいると思った。

みんなのヴォイドを使って、いのりと涯を助ける。やれるかどうかわからないけど、やるしかない——それが自分の出した結論だった。

けど、なんて言って説明する？

涯ならこういうときどうするだろう。有無を言わさず力で従わせる？　それとも騙《だま》してでも思い通りにする？

……いや、僕にはどちらもできない。それは涯のやり方だ。

僕は——涯じゃない。

深呼吸をして、集は皆の顔を見回した。

「僕、羽田に行きたいんだ」

「まてよ、集。外には防疫警報が出てるんだぞ？　それに羽田って言ったら、葬儀社がテ

口を起こしたってニュースでやってたじゃないか。何でそんなところに行きたがるんだよ」

「羽田に……助けたい人がいるんだ。でも、僕一人じゃ無理だから、その……みんなに力を貸してもらえれば、って──」

「──よく言うぜ」

はっとして振り向くと、部室の入り口に谷尋が立っていた。他のみなは制服だったが、谷尋は薄汚れたモスグリーンのコートを着た私服姿だった。この前会った時よりはこざっぱりとしていたが、それでもどこかすさんだ印象は否《いな》めなかった。

「そうやってまた、人を道具にするつもりか？」

集は言葉に詰まった。

その通りだ。集が求めているのは皆のヴォイド。道具としての皆だった。

「谷尋、なんだよ道具って」

いままでどこにいたのかなどの疑問は呑み込んだ様子で、颯太が訊く。

だが谷尋は学校での顔しか知らない人間にとってはまるで別人に見える、皮肉めいた笑みを浮かべた。

「さあな。集なら答えてくれるんじゃないか？　なあ、集さんよ。答えてくれよ」

やれるものならやってみろ、といわんばかりの態度だった。

それでも――やるしかない。

「……祭《はれ》」

集は祭《はれ》を振り返った。

「これから僕は、君にちょっと怖いことをするよ？　でも、何も心配しなくていい。危険はないから。信じてくれる？」

祭《はれ》は皆をちらりと見て、大きく頷いた。

「うん、いいよ」

「ありがとう」

集は、まっすぐに祭《はれ》の目を見ながらその胸元へと手を伸ばした。

おい、と颯太の慌てたような声を聞こえたが、手を止めなかった。

祭《はれ》の豊かな胸のふくらみに触れる寸前、彼女が《開い》た。二重螺旋が出現し、集は構わず腕を差し込んだ。

びくん、と震える。

ゆっくりと引き抜くと祭《はれ》は、あっ、と声を上げた。頬が赤く染まってのけぞり、白い喉がひくひくと震えて、颯太がごくりと唾を飲み込む音が聞こえた。

倒れる祭《はれ》を、集は抱きとめた。

これは――《包帯》だろうか。どうしてだろう。涯に教えられなくても、祭《はれ》の《ヴォイ

ド》の使い方がわかった。

「ど、どうなってんだよ、それ！」

颯太の焦ったような声に、

「説明してくれるのよね？　桜満くん」

亞里沙の冷静な言葉が続いた。

集は、腕に絡みつくように浮かんでいる《ヴォイド》を掲げてみせた。

「……これは《ヴォイド》。信じられないかもしれないけど、人の心を形にしたものなんだ。だから人によって形と効果は変わってくる。たとえばこの祭《はれ》のヴォイドは――」

集は、壊れた《ふゅーねる》に向かって手を伸ばした。

生きているかのように包帯が勝手に伸びて《ふゅーねる》に巻きつき、光を放った。すると不思議なことに《ふゅーねる》は新品同様になって嬉しそうに跳ねた。

これは再生の力を持つ《ヴォイド》だ。

ただ、現状では無機物にしか効果がなさそうだ。多分、キャンサー化した体を治したりはできない。涯の言ったように、心のありようで効果が変化するなら、この先はどうなるかはわからないけれど。

集は《包帯》を祭《はれ》の体に戻した。

「ん……」

腕の中で祭《はれ》が目を覚まし、柔らかく微笑んだ。

「大丈夫？　いま、君のヴォイドを使ったよ」

「わたし……どんなだった？」

「祭《はれ》らしい、優しいヴォイドだったよ」

照れたように祭《はれ》は目を伏せて、ありがとう、と呟いた。

集は祭《はれ》を立たせてやると、その肩に手を添えたまま皆を振り向いた。

「いまのがヴォイドなんだ。祭《はれ》のは壊れたものを直すヴォイドだったけど、武器や盾になるヴォイドもある。忘れちゃってると思うけど、皆からは前にヴォイドを取り出したことがあるんだ」

「俺らからも!?」

「ごめん！」

集は深々と頭を下げた。

「君たちの心を勝手に盗み見た気がして、ずっと後ろめたかった。本当にごめんなさい」

颯太は亜里沙と顔を見合わせ、

「んなこと言われても、覚えてないわけだし……」

戸惑った様子で唇を尖らせた。が――

「それだけじゃないだろ？」

挑発をするように、谷尋が笑った。

「そいつをなんに使ったか言えよ。僕はその力をテロリストを手伝うために使いました、って言ったらどうだ？　違うか？」

「マ、マジ……？」

颯太が驚いた顔になる。

「言えよ！　羽田に行って助けたい連中ってのも、そいつらだろうが！」

谷尋の視線を真っ直《ます》ぐに受け止め、集は頷いた。

「……ああ。涯といのり——葬儀社の皆だ」

「いのりちゃんも葬儀社ぁ⁉」

腰を抜かさんばかりに、颯太は驚いた。

「うん。でも——葬儀社の皆はテロリストじゃない！　谷尋、それは君が一番よくわかってるんじゃないの？　ＧＨＱの正体を、君は知っているはずだ」

谷尋は小さく舌を打って目を伏せた。

「……どういうことですの？」

眉を顰める亞里沙に集は、

「ＧＨＱは自分たちの言うことを聞かない者、邪魔な者を、防疫を理由に殺しているんです。そうだよね、谷尋。君の弟はＧＨＱに殺されそうになって——」

「──おまえに殺された」

びく、と体が震えるのをどうしようもなかった。命の螺旋を断ち切った瞬間の感覚が蘇《よみがえ》ってきて、吐き気が込み上げた。

「確かに、連中は潤を殺そうとしたさ。だが、実際に殺したのはおまえだ」

「集が……？」

颯太が怯《おび》えたように集を見る。だが──

「ちがうよ！」

そう叫んだのは、祭《はれ》だった。

「弟さんを殺したのは、GHQのロボットだよ！　わたし、見てた。体から棘《とげ》みたいのが生えた男の子が、ロボットが撃った変な武器で刺されるの！　そうしたら、そのロボットが急に暴れ出して谷尋くんを襲ったの！　集はそれを助けただけで弟さんを殺してなんかない！　嘘だと思うなら録画だってあるわ！」

谷尋は目を伏せた。

「……俺が言ったのは……守れなかったって意味だ。こいつは潤を守るって言ったんだ！　それなのに──」

「守れなかったのはあなたでしょう」

亜里沙の言葉に、谷尋は彼女を睨んだ。

「どういう意味だ……？」

「その死んだという男の子は、あなたの弟さんなのでしょう？　桜満君に何の責任があるのかしら。話を聞く限り、彼は親切であなたの弟さんを助けると申し出たのではなくて？　それをできなかったからと言って、殺したと責めるのは筋が違わない？」

「てめえ……」

谷尋の目が殺気を孕《はら》む。亞里沙はそれを涼しい顔で受け流したが、普段学校では見せることのない顔に、颯太と祭《はれ》が息を呑んだ。

だが、それは長くは続かなかった。

谷尋はじきに柱に寄りかかってうなだれ、小さく、わかってるよ、と呟いた。

「けど、誰かのせいにしなきゃやってられなかったんだ……」

息をつき、亞里沙は集を振り向いた。

「彼の弟のことは置いておきましょう。それよりも答えて。ＧＨＱが非道なことをしていることはわかったわ。ありえる話ね。けれど、彼らがいなければワクチンの接種ができないことも確かでなくて？　彼らが助けてくれたのも事実なのでは？　葬儀社は日本を解放すると言っているようだけれど、ワクチンはどうするつもりなのかしら？」

「そ、そうだよ！　昔みたいに鋼皮病が発症したら、どうするんだよ！」

「それは……」

集には答えられなかった。集の目的はあくまでも涯といのり、葬儀社の皆を助けたい、それだけであって、他のことは考えていなかった。

『――それは、あなたがわかるんじゃないの？　供奉院亞里沙』

突如、祭《はれ》のヴォイドで直った《ふゅーねる》がしゃべりだし、みなはぎょっとした。

ツグミの声だ。

『わたしのいってる意味、わかるよね？』

「ええ」

『じゃあ、ちょっと黙ってて』

ツグミが小さく深呼吸をするのが聞こえた。

「だ、誰？」

颯太の疑問ももっともだ。

「葬儀社のツグミ」と集は答えた。「情報戦を担当しているハッカーだよ」

『紹介どうも。……いい？　あんたたちの認識は、そもそも前提が間違っているの。あのワクチンはわたしたちを治すために投与されているんじゃない。この国はいま、いずれくる世界的なパンデミックに備えて有効な薬を作るための人体実験場なのよ。しかも動物実験に使うような段階のね。ＡＰウィルスは人間以外には感染しないから、データを取るには人間をモルモットにするしかないの。わたしたち日本人は、アメリカや他の国の人間の

薬を作るための実験動物にされているのよ。なのに、それを知らずに馬鹿みたいにありがたがってるんだから、どうしようもないわよね』

ごくりと颯太が唾を飲み込んだ。

「マジかよ……」

『マジよ』

ツグミが答える。

『けど、それだけならいいわ。未承認薬でもなんでも病気を防ぐためなら使おうって人もいるでしょうし。けど、そうと知らせずに使うなんていうのは許されないし、何よりあいつらはもっとひどい実験だってしてる。連中は、APウィルスを何とかバイオウェポンとして利用できないか、その実験もしてたの。その結果が――これよ』

《ふゅーねる》の背中にホログラムモニターが出現し、パニックと言っていい様子が映し出された。場所はわからなかったが、人々のキャンサー化が一気に進んで倒れていく。その映像に全員が息を呑んだ。

『……連中はわたしたちがこれを引き起こしたって言ってるけど、冗談じゃないわ。これこそがあいつらの実験の成果よ。アポカリプスウィルスはある種の音波で活性化することがわかってるの。聞こえてるでしょ？　この調子っ外れな歌みたいなの。あいつらは以前にも同じ実験をしようとしてしくじった。城戸研二が東京スカイツリーを爆破したから』

それが理由だったのか、と集はようやく納得した。

城戸研二がただの爆破マニアなら、《重力操作》のヴォイドを持っていたからといって、そのあとも仲間として迎え入れるわけはないと思っていた。

『でも、わたしたちも対抗手段を見つけ出した。それが《エゴイスト》よ。理由はわからないけど、いのりんの声に特定の波長を持つメロディを合わせるといま流れているこの歌もどきとは逆に、僅かだけどアポカリプスウィルスの活性化を抑える効果があることがわかったの。だから、わたしたちは《エゴイスト》の曲を、削除されても削除されても、地下で配信し続けたのよ』

「あの歌に、そんな意味が……」

知らなかった。

だが、納得はいった。ただのパフォーマンスではなかったのだ。自分たちはそうと知らずに葬儀社に——いのりに守られていたのだ。

『この歌もどきを止めなかったら、どんどん被害は大きくなるわ。止められるのは、集。きっとあんたしかいない。あんたと——そこにいるヴォイドの持ち主たち！　どうするの？　いつ自分たちもキャンサー化するかもしれないと怯えて、そこで待つの？』

きゅ、と祭《はれ》が袖を握った。その小さな手は微かに震えている。

「ありがとう、ツグミ」

言って、集はもう一度皆を見回した。

「だけど、僕が涯やいのりを助けたいのは、そんな立派な理由じゃないんだ」

「……どういうことだ？」

「僕が涯たちを助けたいのは、彼らが僕を信じてくれたからだよ、谷尋。葬儀社の皆がいなかったら僕はいなくていい人間だった」

「そんなこと――」

「ありがとう、祭《はれ》。だけどそうだったんだ。僕はあのロストクリスマス以来、何かに怯えて隠れるようにして生きてきた。いったい何が怖いのか、それはいまもわからないけど、そうしてきた。だけど……それじゃ駄目なんだってわかったんだ。できることがあるのにそれをしないのは卑怯なんだって、葬儀社の皆を見て思ったんだ。そのはずだった。なのに……僕はまた逃げてしまった。だから、もしまだ遅くないなら、僕はできることをしたい。そのために――お願いします！」

集は深々と頭を下げた。

「みんなの力を、僕に貸してください！」

しん、と静まり返った部室に調子っ外れの気味の悪いメロディだけが遠く聞こえていた。

「……わたし、行く」

そう言ってくれたのは、祭《はれ》だった。

「正直、今の話とかよくわからないけど……集が葬儀社の人たちを信じるっていうなら、わたしも信じる」

「わたくしも協力するわ」

亞里沙もそう言って微笑んだ。

「恙神涯を助けるのでしょう？　その役に立てるのなら理由を問うまでもないわ」

どうして、と集の方が逆に訊きたかったが、ただ、ありがとうございます、と言った。

「お、俺も行く！」

颯太が負けじと手を上げる。

「いのりちゃんのこと、俺だって助けたいし、それに、ここにいて黙って死ぬの待つなんて嫌だ。だったら動いた方がいい！」

颯太くんらしい、と祭《はれ》が笑って、張り詰めた雰囲気がやわらぐ。

集は、谷尋を振り向いた。

「谷尋……」

「わかってるよ……好きに使えばいいだろ。俺だって、本当の敵が誰かくらい……わかってんだ、本当は……」

集は頷き、ありがとう、と言って、

「ツグミ。羽田までの案内、お願い」

『アイアイ！　最近のやつにはオートドライブが載ってるから接続したら《ふゅーねる》が運転するから、ちょっとくらいの衝撃じゃ壊れない車を探して！』

「でしたら、わたくしがここへ来るのに使ったハンヴィーが駐車場にありますわ」

と亜里沙が言った。

「あれなら過不足ないんじゃなくて？」

＊

茎道と共に六本木に到着した嘘界は、とある古いビルのエレベーターに乗り込み、地下へと向かった。ビルそのものは半ば朽ちて今にも崩れ落ちそうだったが、カモフラージュだとすぐにわかった。エレベーターは新品そのものだったからだ。

「これが、コキュートスに続く地獄の門ですか……？」

地下に到着したエレベーターを降りた嘘界は、想像と違って無機質とさえいえる景色に、落胆を隠さずに呟いた。正直なところ、地獄の門というくらいだからもっと禍々《まがまが》しい、一目見ただけで肝を潰すようなそんなものを想像していたのだが。

床も壁も黒い鏡面に仕上げられ、幾本もの黒光りした柱が立っていた。ときおり水の音が静かに響く。床には靄《もや》が漂い、見上げれば闇の中を雲がゆっくりと漂っていたが、天井

はまるで見えなかった。

「私にとっては天国への門だよ」

言って、茎道は《はじまりの石》の収められたシリンダーを黒光りする金属の台座にセットした。光が強くなり、ワクチンで抑えているはずのウィルスが自分の内側でざわめいているかのような不快感を感じた。

だが、それも心地よい。

何が起こるのか——わくわくしながら嘘界は次のアクションを静かに待った。

＊

空港のレーダー棟の屋上に立っていのりは、紫色に染まった六本木の方角の空を見上げながら、強い風に流される髪を押さえた。背中には巨大なパラボラアンテナ、目の前にはマイクスタンドが立っていて、コードが戸口から建物の中へと繋がっている。

下では春夏が、中で見つけた複数台のＰＣを無理やりに繋いで、必死にシステムを組み上げている。専門的で話はよくわからなかったが、簡単に言えば、いのりの声を増幅して、いま流されている共鳴波にぶつけて相殺《そうさい》するための、最適な波長を作り出すとか言っていた。

クリアレゾナンスプログラム、と春夏は言っていた。音による新種のワクチンのようなもので、そのシステムを進化させればいずれはウィルスそのものを音で殺せるかもしれない、ということだった。

こんな情況で実践テストをする羽目になるとは思わなかったけど、と春夏はぼやいていたが、唇は笑っていた。

涯は、敵が来たときのために階段に詰めているが、戦えるのかはわからなかった。アサルトライフルを腕に縛り付けて、紐を通して口で引き金を引けるようにしていた。あれでは狙いをつけることは無理だ。

戦闘は未《いま》だ散発的に続いていたが、皆がどうなったのかはわからなかった。ノイズを拾わないためにさっきから全ての通信は切ってある。

「——いのりちゃん！　やって！」

開け放したままの戸口の奥から、そう春夏の声が聞こえた。

いのりは静かに目を閉じ、呼吸を整えた。

「……集」

そっと、くちづけをするように呟く。

そうしていのりは目を開けると大きく息を吸い、翼のように腕を広げ——《歌》いだした。

＊

「いのりだ……」

大音量で『エゴイスト』のＰＶを流しながら走るハンヴィーのサンルーフから顔を出していた集は、風の中に彼女の声をはっきりと聞き取った。間違いない。聞き違えるはずがない。

「いのりが歌ってる！　ＰＶ、切って！」

音が止まると、もっとはっきりとした。

まるで空が歌っているかのように、いのりの声が、歌がはっきりと聞こえる。

『――前方、バリケードあるよ！』

ツグミの声が《ふゅーねる》からして、前を見るとトンネルの入り口に鉄条網が敷かれ、その向こうにＧＨＱのトラックと兵士が道を塞いでいた。武装して銃を構えている。通してくれるつもりはなさそうだった。それどころか警告をするつもりもなさそうだ。

「供奉院さん！」

振り返って言うと、亞里沙は頷いた。

「お使いなさい」

頷き、集は腕を伸ばして亜里沙から《盾》のヴォイドを抜き出して構えた。

同時に発砲が始まる。

だが、亜里沙の《盾》はそのことごとくを弾《はじ》き返し、大きく広がって車の前方を包み込むように展開した。

『このまま突っ込むっ！』

ツグミの声に、集は屋根の把手《とって》にしがみついた。《盾》がGHQの鉄条網もトラックも、紙でも破るかのように弾き飛ばしバリケードを突破した。

空港へと続く巨大な橋を、ハンヴィーは爆走した。

『エンドレイヴ、来るよ！』

合流道からゴーチェが三機、現れて追って来る。ゴーチェは続けざまに肩に担いでいたランチャーからミサイルを発射した。

亜里沙の《盾》はそれを弾き返したが、跳んだ先が悪かった。橋の前方に着弾したミサイルは爆発し、橋に大きな穴を開けてしまった。

（どうする!?）

このまま突っ込んでも飛び越せるとは限らない。だからといって止まればゴーチェになぶり殺しにされるだけだ。

（……涯なら引かない！）

集は振り向いて手を伸ばした。

「祭《はれ》！」

「うん！」

祭《はれ》の胸から《包帯》ヴォイドを取り出し、投擲《とうてき》するように腕を振るう。するすると無限に伸びて、橋に巻きつく端から修復していく。

銃撃を《盾》でふせぎつつトンネルに入った。前方に分岐点が見える。右が空港に続く道だが隔壁が降りていた。

「颯太、頼む！」

「お、おう！」

立ち上がった颯太から《カメラ》ヴォイドを取り出し、隔壁を《撮った》。ハンヴィーが通れるだけの隙間が開き、集は頭を引っ込めた。ぎりぎりを車はすり抜ける。すぐ後ろで隔壁に激突したゴーチェが爆発するのが見えた。

トンネルを抜けると、延々とフェンスが続く道に出た。隣を走るのは滑走路だ。集は《盾》を振るい、フェンスを切り裂いて空港へと侵入した。

集は必死にいのりの姿を探した。歌がどこから聞こえてくるのか耳を澄ませた。

――いた！

「ツグミ！　おっきなレーダーみたいなのがある建物だ！　いのりはそこだ！」

『アイ！　最短距離で行くよっ！』

《ふゅーねる》の細い腕がハンドルを思い切り捻り、ハンヴィーのタイヤが悲鳴を上げた。

『――第四エンドレイヴ小隊壊滅！　敵は滑走路内に進入しました！』

そう誰かが叫ぶように言うのを、ダリルは魂の抜けたような表情で聞いていた。

ローワンには大丈夫だと言ったが、体の内側が空っぽになってしまったかのように、何もする気が起きなかった。

シュタイナーはどこに隠れたのか現れず、そうでないのなら雑魚《ざこ》の相手などやる気が起きなかった。そんなつまらない殺しはしたくない。

『――信じられない！　子供だ！　顔はノイズがひどくてわからないが、子供がエンドレイヴを――』

爆発音と共に通信が切れ、ダリルの指がピクリと動いた。

（顔が、わからない？）

きひっとダリルは笑った。そんなやつは一人しか知らない。

「ローワン！　僕をそいつの一番近くにいるエンドレイヴにスワップさせろ！」

力が、笑いと共に湧き上がってくる。

「……僕が、仕留めてやる」

新たに聞こえた爆発に、いのりは歌を止めて滑走路に目をやった。フェンスを突き破ったのだろう、無骨な車が見える。

「――いのりーっ！」

はっきりと、そう聞こえた。

――集っ！

喜びが胸を突き上げる。いのりは空に向かって大きく腕を広げると、それをそのまま歌に乗せて空へと放つ。

これは奇跡か、と涯は自分の腕を見て思った。

キャンサー化が止まったばかりか、治っている。完全にではないが、少なくとも活性化の以前にまでは戻っていた。

「……来たのか、集……」

螺旋状に屋上へと続く階段を壁に寄りかかりつつ登りながら、涯はふっと笑った。馬鹿なやつだ……俺がせっかくこんな世界とは縁を切ってやったのに。

だがそれを、嬉しくない、と自分に嘘をつくことは出来なかった。

まだ痺《しび》れの残る足に活を入れ、涯は屋上へと急いだ。こちらにはいのりがある。《石》

の活性化をこれで止められたのなら、まだ勝ち目はある。

ダリルは、スワップした機体を捻ると機体を低くしてハンヴィーを追った。速度は向こうの方が上だが、油断なのか、それとも別の理由なのか、ずいぶんと速度を落としていた。その横っ腹に、ダリルは体当たりした。

だが、掠《かす》っただけだった。

よほど腕のいいやつが操縦しているのか、しかし、それでもハンドルを取られるには十分だったようで、レーダー棟の壁に激突して止まった。

「逝っちまええええええええっ！」

ダリルはハンヴィーを目掛けて、三〇㎜弾を叩き込んだ。照準がずれているのか、滑走路や壁まで抉《えぐ》り、粉塵であっという間に見えなくなる。

「！」

突如、その靄を破り、一人の少年が飛び出してきた。手にしていた巨大な《ハサミ》には見覚えがある。

「おまえがあの《顔なし》かあああああああっ！」

残弾がゼロになった銃を放り捨て、左腕で殴りかかると同時に内蔵されたパイルバンカーを叩き込む。だが、かわされた。そればかりでなく半ばから腕を切り下ろされ、激痛が

走った。鈍い衝撃と共に、今度は胸に鋭い痛みを覚え、ダリルは絶叫した。

《ハサミ》が根本まで装甲に埋まっていた。

「てめえええええええええええええええっ！」

蹴るようにして離れ、《顔なし》が飛んでいく。倒れながら、リンクが切れて視界がブラックアウトしていくのを感じながら、ダリルは吠え続けた。

ヴォイドエフェクトを利用して空中を駆け上がり、集は屋上へと出た。

巨大なアンテナの下に、いのりはいた。いつもとは違う、大きく背中の開いた白いドレスのようなものを着ていて、まだ歌を口ずさんでいた。

集は屋上に降りると《ハサミ》を手放した。それはすぐに螺旋に解けて谷尋の元へと戻る。

「いのり……」

そう呼びかけると、いのりは今にも泣きそうな顔で微笑んだ。

あの時、化け物呼ばわりしたことを謝ろうと、集は口を開きかけ――止まった。

あれはなんだ⁉

いのりの後ろの空間が、ねじれたかのように歪んだのだ。蜂の巣のようなものが見え、そこから人間が滲むように現れた。白いコートを着た少年だった。

「いのり！」

駆け寄ろうとした瞬間、その人物の腕がいのりの胸に突き刺さった。いや違う。《ヴォイド》が開いたのだ！　少年の腕がいのりの《ヴォイド》を——《心》を引き抜いていく！

「やめろーっ！」

集はやめさせようと走った。だが、見えない壁に弾かれて尻餅をついた。

やたらと眉の太い蒼《あお》い目をした少年は、いのりの中から完全に《ヴォイド》を引き抜くと、空中に浮かんだまま、集を冷ややかに睥睨《へいげい》した。

「あなたにはがっかりですよ。王の器を得ながら、いつまでも虚《うつ》ろなままで……だから、ここでお別れです」

少年の手の中で、《ヴォイド》は今までとは違う形の《剣》となって現出した。

「さようなら——オウマシュウ！」

座り込んで動けない集の頭を目掛け、少年は恐ろしいほどの速さで、いのりの《心》を振り下ろした。

GUILTY
CROWN
REQUIEM
SCORE 2

GUILTY CROWN
REQUIEM SCORE

12　再誕　the lost christmas

涯は集とユウの間に割って入り、いのりの《剣》をその体に受けた。キャンサー化した部分が抵抗を示したが、それを切り裂き、刃は体へ深く喰いこんだ。

「涯⁉」

「……だからほっとけないんだ、おまえは……」

集のぬくもりを背中に感じつつ、涯は銃を構えて撃った。

眉の太い謎の少年――ユウは、涯の体から《剣》を引き抜くとその腹で弾を受け、そのままいのりごと後ろへ、切り取られたような空間へと下がる。

「あきらめの悪い人ですね。あなたのしていることはストーカーですよ？」

「なんとでも言え……ダァトの墓守」

傷口を押さえながら、肘で集を押しのけるようにして立った。足元がふらつく。血を流しすぎた。ＡＰウィルスを押さえ込むいのりの血も。

「傍観者じゃなかったのか、貴様らは」

「色々と事情が変わったんですよ。シュウイチロウもとても頑張ってくれたので、僕も協力することにしたんです。仮初《かりそめ》の《王》にとどめをさせなかったのは残念ですが、タイム

オーバーです。あとはそこで見ているがいいでしょう——世界の終焉《しゅうえん》と再生を」

ず、と蜂の巣のようなものが覗く空間に、ユウはいのりを抱えたまま沈みこみ始めた。

「集！」

涯は後ろで座り込んだままの集に向かって怒鳴った。

「追え！　やつらはいのりを生贄《いけにえ》に、真名を目覚めさせるつもりだ！」

「マ、ナ……？」

「わからないならそれでもいい！　いのりを失いたくなければ行け！　これ以上、あいつを弄《もてあそ》ばせるな！」

集はふらりと立った。

多分、何が起きているのか理解はしていないだろう。だが、それでも動いた。

「うわあああああっ！」

ユウといのりが消えていく空間へと手を伸ばす。

小さく舌を打ち、ユウが《剣》を振り上げる。涯はそれを狙い撃った。《剣》は弾かれて、衝撃にいのりがびくんと震えた。

集が伸ばした手が空間に触れた瞬間、爆発的な光が辺りを照らし、それが消えると、三人の姿はそこにはなかった。

（行ったか……）

痛みに顔を顰めながら涯は立ち上がった。眩暈《めまい》を覚え、倒れそうになったところを誰かに支えられた。振り返ると春夏がいた。

「……あんたか」

「集はどこ？　いのりちゃんは？」

言いながら手早く止血をしてくれるのに、涯は逆らわずに体を預けた。思ったよりも手際はいい。適確に血管を捉えている。

「……コキュートスに向かった」

「それは何？　いったい何が起きているの？」

きゅ、とタオルを縛り終えた春夏は涯を押すようにして離れ、真正面に回った。

「わからないことだらけだわ。《王の力》を集が継承したってどういうこと？　答えて、恙神涯君――いえ、トリトン君」

「俺は――」

「違わないでしょう？　その目、覚えているわ。集の友達だって、言っていたわよね？　だけどわたしが大島にいる間、あなたはずっと家にいた。お泊まり会とか言っていたけれど、ご両親にも連絡させてもらえなかった。一緒に住んでいたんでしょう？　あのロストクリスマスが起きた年、短い間だったけどあなたは家にいた。集は口止めされていたみたいだし、真名ちゃんもあなたのことを隠そうとしていたみたいだけれど、誤魔化しきれる

ものじゃないわ。真名ちゃんはあの頃、以前にましてとても情緒不安定になっていたから、それなりに目を配っていたつもりよ？」

涯は嗤った。

「いや。あんたは何も見ていなかったさ」

「なにそれ」

怒ったか。あからさまに眉間に皺《しわ》がよった。

「真名は不安定なんてもんじゃなかった。あいつは進化の因果《いんが》の奴隷に成り果てていた。もっともあいつがその顔を見せたのは、俺にだけだったがな」

「言ってる意味がわからないわ」

「あんたならいずれ理解するかもしれない。だが、いまは時間がない。とっとと逃げろ」

「君はどうするの？　トリトン君」

「俺は、集たちを追う」

涯はポケットから携帯通信機を取り出し、チャンネルを開いた。

「——ツグミ、俺だ」

『涯!?　無事だったの!?』

「いまのところはな。損害はどうなっている？」

『壊滅って言ってもいいぐらい』

言葉とは裏腹に、ツグミの声には力がある。

『綾ねえは無事だけど、他のみんなとは個別に連絡が取れる情況にないわ』

「俺の位置はわかるか？」

『ちょっと待って——うん、捕捉した！』

「トレーラーを回してくれ。それと全員に退却信号を送れ。現時刻をもって《葬儀社》は全ての活動を停止する。野《や》に下って雌伏に耐えろ」

『……わかった』

通話を切り、涯は端末を畳んだ。

「わたしも連れて行って」

春夏の声に涯は振り向いた。

「これでも、わたしは母親よ。集を放っておいて自分だけ逃げることなんかできないわ」

「血が繋がっていなくてもか？」

「関係ないわ。あの子はわたしの愛した玄周《クロス》さんの子供よ？」

「真名もか？」

ぴく、と春夏の頬が震えるのを涯は見逃さなかった。

嘘をつくのが下手《へた》な女だ。

だから集も慕ったんだろうが——真名が春夏に懐かなかったのはわかる。あいつは俺に

だけは本音を吐いてた。桜満春夏は邪魔だ、と。それを春夏も感じ取っていたのだろう。

「あの子は……死んだわ」

「いや――」

涯は、滑走路を疾走してくるトレーラーのヘッドライトを見ながら呟いた。

「死んでいない――まだ、な」

＊

静かに《はじまりの石》が輝くと、何もなかった空間にハニカム構造が出現し、その先へと続く通路が現れた。空中回廊、といった趣がある。地下深くにいることを忘れさせるように暗く青い空がどこまでも続き、雲も流れている。

そこを、嘘界は先を行く茎道の背中を眺めながら、

「ヴォイド？　あの街全てが、ですか」

思わず聞き返していた。それほどに衝撃的な話だった。現《うつつ》が夢だと言われたようなものだ。

そう、と茎道は応えた。

「六本木フォートは一人の少女の心で形作られた幻影に過ぎないのだよ」

「桜満真名、ですね？」

ちらりと嘘界を見、茎道は足を止めた。

「……君は、本当に切れすぎる男だ」

茎道は懐《ふところ》に手を入れるとそこから小さなメモリーを取り出して見せた。

「約束の、ヴォイドに関する情報だ。受けとりたまえ」

放られたそれを、嘘界は手を伸ばしてキャッチした。

注意が逸れたその一瞬を突かれた。

目を戻したときには茎道は、いつの間に、と思えるほどの遠い場所にいて、一人、通路の向こうで宙に浮いていた。

「協力、感謝する。だが、ここから先は別料金だ」

そう言うと、溶けるように茎道の姿は足元から空中に沈むように消えてしまった。

「……まったく、つれない人だ」

一人残された嘘界は、メモリを眺めながら苦笑を浮かべた。

＊

少し先をいのりを抱えたユウが行くのに追いつこうと、集は足をばたつかせた。ここは

いったいどこなのか。無重力の空間内部は、集の理解を完全に超えていた。

「いのりを返せえっ！」

不安を押し殺し、集は必死に腕を伸ばした。

だが、距離は一向に縮まらなかった。

「オウマシュウ……」

ユウはため息をついた。

「どうしてもくるというんですか、君は。ならばせめて、全て思い出してからにして下さい。君が自ら封じた、マナの記憶を」

ユウは手を伸ばし、パチン、と指を鳴らした。

頭の中で光が弾けた。

（――これって！）

開いた記憶の扉から、あの夏のことが奔流のごとくあふれ出た。それは頭が割れるほど強く殴りつけられたような感じだった。

思い出した。

マナは桜満真名。実の姉だった人だ。そして涯は――トリトンだった。

あの、ロストクリスマスの起きた年の夏。

皆が笑顔で過ごせた、最後の夏。

集は姉の真名と、大島の家でほとんどの時間を二人きりで過ごしていた。

当時はまだ父である桜満玄周《クロス》の助手でしかなかった春夏が、週に一度は来て数日世話をしてくれていたが、ほとんどは子供たちだけの世界だった。

集にとって当時の真名は、姉であると同時に母でもあった。

掃除も洗濯も彼女はそつなくこなし、料理もとても上手かった。もちろん集も手伝ったが、あくまでもそれは手伝いでしかなかった。

あの夏のそんなある日——集と真名は、海岸で宝物を拾った。

涯だ。

波打ち際に下着一枚の姿で傷だらけで打ち上げられていたのを、二人は景観の美しい真名の秘密の場所に遊びに出かけたときに見つけたのだ。

だが、その時、涯は息をしていなかった。

うろたえることしかできなかった集と違って、真名の行動は素早かった。心臓マッサージを行い、人工呼吸を施した。

蘇生措置だとわかっていても、生まれて初めて目の前で見るキスに集は、胸がひどくざわつき、顔が熱くなった。

息を吹き返した涯は、名前を訊いても答えなかった。

言葉が通じないのかとも思ったが、

「トリトン！」

と真名が言い、

「海から来たんだもの！　あなたはトリトンよ。素敵な名前でしょ？」

その言葉に頷いたから、そうではないのだとわかった。

記憶がないのか言いたくないのかそれはわからなかったが、集はどちらでも気にしなかった。それまで遊び相手は真名しかおらず、同じ年頃の男の子の友達は初めてだったからだ。

あの頃の自分はいまとは全然違った、と集は驚きと共に思った。涯を引っ張っていたのは自分の方で、島中を冒険して回った。

（そうやって同じ時間を過ごすうち、トリトンは――涯は、僕にとって初めて本当に友達って呼べる存在になっていったんだ……）

つ、と頬を涙が伝うのを集は感じた。

（お姉ちゃんが――優しくて、大好きだった真名お姉ちゃんがいて……トリトンがいて……僕の人生で一番楽しくて、一番幸せだった夏……なのに、どうして僕は忘れてしまっていたんだろう……トリトンのことも、真名のことも――）

わからない。

――集！

頭の中でいのりの声がして、集ははっと我に返った。

(なんだ、ここ……)

気がつけば、見たこともない場所に立っていた。目の前には巨大なガラスの階段があって、その下には真っ赤な、血のような池が広がっている。周囲には紫色をした鉱物のような柱が屹立《きつりつ》して巨大な空間を形成していた。

そして――

「いのり!」

巨大で長い階段の中途に、いのりがいた。

茨の枝に搦《から》め捕《と》られているかのように宙に浮かび、床まで届く蜂の巣模様のヴェールを頭から被《かぶ》っている。それはまるでどこか、花嫁姿を思わせた。

「――気がついたか」

脇の暗い靄の中から男が現れた。髪を後ろに撫で付け髭を整えた顔に見覚えがあった。

《葬儀社》で訓練を受けていたときに見せられたファイルにあった。日本人でありながら、アンチボディズの局長になった科学者――茎道修一郎。

駆け寄ろうとして、しかし集は自分の足が床に固定されていることに気づいた。まるで床がキャンサー化して自分を取り込もうとしているかのようだった。

集は茎道を見上げ、睨んだ。

「なんなんですか、これは！　いのりを返してください！」

「返せ？　面白いことをいう」

茎道は冷たい目で集を見下ろした。

「この少女は元々、我々が真名と意思の疎通を図るために創った、インターフェース用インスタンスボディ。返すという言葉はあたらないな」

「創っ、た……？」

何を言っているのか、さっぱりわからなかった。

創ったというのはどういうことなのか。

インターフェース用インスタンスボディ？　いのりは人間ではないというのか？　ロボットだとでも？

だが、彼女の声も、肌も、とてもそんなふうには見えなかった。

それに、真名と意思の疎通を図るというのはどういう意味なのか。涯と同じで真名も生きているということなのか。

「君にはとても理解できない技術だよ。そして真名は《はじまりの石》に最初に触れた、アポカリプスウィルスの第一感染者——即《すなわ》ち、イヴなのだ」

「お姉ちゃんは生きてるのか!?」

「生物学的な意味では、違う」

茎道はいのりの向こうにさらに続く階段の先を見上げた。その終着点、頂上にある結晶でできた丸い檻の様なものの中に浮かぶ少女を見て、集は声を失った。

真名、だった。

蘇ったあの夏の記憶の中にいた、あの真名が、膝を抱えて浮かんでいた。

「肉体を失った彼女の魂はヴォイドの力であぁして仮初の形を保ってはいるが、あそこから出ることができない。だが、新たな体を得て我々の手で再びこの世に降り立てば、ロストクリスマスの再来となり、アポカリプスが世界中で猛威を振るうことになる。私はその証人にならねばならんのだ」

茎道は大仰に腕を広げ、そして集を睥睨した。

「……何を言っているのかわからないという顔だな。ダァトはおまえに何か期待しているようだが、私に言わせればやはりただの小僧だ。理解できないのなら黙ってそこで見ていろ」

「ふざけ——」

床から突如、剣のように鋭い棘が幾本も生えて喉元に突きつけられ、集は息を呑んだ。

「……邪魔をしてはなりません」

首を捻ると、いのりを連れ去った少年——ユウがそこにいた。

「おまえ!」

「しいっ。これから彼がイノリを介してマナにプロポーズするのですから、お静かに」

「プロ、ポーズ……!?」

ええ、と答えてユウは歩き出し、茎道のあとを追って階段を上がった。

「彼女が選ぶ伴侶が、時代の新たな人類の始祖となるのです。わがままなイヴも《石》を使えばコントロールできるようになりますから」

茎道が、結晶の欠片《かけら》のようなものを、いのりの前にせり出してきた円柱の上に置いた。それは赤い輝きを放つと、まるでヴォイドのように両端から螺旋にほどけていく。

「二人の未来に祝福を捧げてあげてください」

「そんな……」

いのりが他の男と結婚する――そう思った時、集の頭にまた古い記憶が蘇った。

『――もしもわたしが誰かと結婚したら寂しい、集?』

あの夏。

涯が来てしばらくして、真名は大島のあの家でソファーに座って本を読んでいた集に、そう言ってにじり寄ってきた。ノースリーブの胸元が緩く、そこから覗くふくらみに、集は胸がさわいだ。

『結婚って、誰と……?』

『誰かよ。……トリトンかも』

『トリトン!?　駄目だよ、そんな――』

『冗談よ、集』

くすっと笑って、真名はものすごく近くに来た。

『トリトンなんかと結婚しないわ。……あいつ、わたしのことを大人の目で見たのよ？

いやらしい。気持ちが悪いわ』

大人の目というのが何を意味するのか、あのときの自分にはわからなかった。

『でも……集は、大人の目で見ていいのよ？』

『お姉――』

そうして。

（あのとき、僕は初めて女の子とキスをした……相手はお姉ちゃんだったけど、僕の初めてのキスは、遊びなんかじゃない大人のキスは、間違いなくあの時だった）

『……好きよ、集。いつか、わたしと結婚してね？』

あのとき真名は確かにそう言った。

どうして、いまそんなことを思い出したのかはわからない。だが――

「汝《なんじ》ら、選ばれし適者の一対を。新たな種を紡ぐ血の交わりを」

まるで神父ででもあるかのように、茎道といのりの間に立って、ユウが静かに暗誦する。

茎道は取り出した小さなナイフで自らの親指の腹を切り、溢《あふ》れてきた血でいのりの唇に鮮烈な赤いルージュを引いた。

「やめろおおおおおおっ！」

集は叫んだ。どうしてかはわからないが、取り返しのつかないことになる気がした。怒りが込み上げて、それが力をくれたかのように手の甲が熱くなり、足元にヴォイド・エフェクトが出現して結晶を砕いた。

階段を駆け上がろうとしたとき、

——駄目よ、集。

頭の中に、そう声がした。

「真名……お姉ちゃん!?」

確かにそれは、記憶に蘇った姉の声だった。

——怒る資格なんかないのよ？　だって、あなたはわたしを遠ざけたじゃない。あの時、わたしを損なったじゃない。

「何のこと!?」

——覚えてないの？　忘れちゃった？

ふふっと、真名は笑った。

——じゃあ、お仕置き。

周囲から触手のように結晶が伸びてきて、その先端で巨大な目玉が開いた。

そのおぞましさに、集は悲鳴を上げた。

＊

コキュートスが六本木フォートの地下にあることは、《葬儀社》の本部を置いたときから涯にはわかっていたことだった。ＧＨＱ――否、茎道修一郎とダァトの動きを牽制するために、ここに決めたのだ。

だが結局、事ここにいたるまでその入り口を発見することはできなかった。しかしそれは一本の電話でいともあっけなく露見することになった。

嘘界である。

彼が電話をかけてきて、入り口の位置を教えたのだ。

当然、罠の可能性はあったが他にあてがあるわけでもなく、罠であればそれごと打ち破る覚悟で、涯は桜満春夏と共に綾瀬のシュタイナーで、指定されたビルの貨物用エレベーターシャフトをぶちやぶって降下した。

嘘界の情報は嘘ではなかった。

エレベーターの扉を破壊したシュタイナーに、嘘界は困ったような笑みを浮かべて見せたが、辺りを見ればそこが未知の技術で作られた部屋だということはわかった。

「お待ちしておりましたよ」

薄く微笑む嘘界に涯は、

「何故、俺たちにここを教えた」

「アリーナから追い出されてしまったのでね。ささやかな意地悪です」

「どうやって下へ行く」

「そのためにはまず通路を開かなければ。私がここに戻ると閉じてしまいました。開閉には《はじまりの石》が必要なのですが、それは局長が持っていってしまいました」

『ふざけないで！』

綾瀬のシュタイナーが銃を構える。

「おお、怖い」

ただのポーズで怖がってみせてから、嘘界はポケットからメモリーを取り出した。

「これは《はじまりの石》のレゾナンス波形のデータです。桜満博士。あなたならこれを使って道を開くことができるのじゃありませんか？」

「……貸して」

嘘界は素直にデータを渡した。

春夏は床に座ると持ってきたパソコンに先端が聴診器のようになったコードを差した。

そうして先端の円形部分を、《石》を置くのに使ったらしい黒い柱に貼り付けた。

メモリーを差し、ファイルをインストールする。

城戸研二やツグミが見たら目を丸くしそうな速さでキーボードを叩いて、何かを構築していくが何をしているのかはわからない。

たんっ、とキーボードの『Ｅｎｔｅｒ』キーを叩くと柱が発光し、壁にハニカム構造が現れて、その先に通路が出現した。

ほう、と嘘界が感心したように声を漏らした。

涯はシュタイナーの手に乗ると、

「桜満博士。あなたはここまでだ。この先は戦場だ。何が起こるかは気まぐれな女神次第。危険だと思ったらすぐに逃げろ。集は必ず俺が戻す」

「……わかったわ」

ごねるかと思ったが素直で助かった。

「……あんたはどうする？　嘘界少佐」

「私もここで結構。何が起きているのか見たいとは思いますが、死にたくはありませんから。代わりに、そのシュタイナーのカメラアイの映像をこちらにも流してもらえますか？ここを教えたご褒美に」

顔の前で両手の指を合わせて、嘘界はにんまりと笑った。

「わかった。――綾瀬、行くぞ」

『はい！』

「行き止まりに着いたら、こちらでもう一度扉を開きますから。あとは御自由に―」

人を食ったような声を聞きながら、涯は綾瀬のシュタイナーと共に空中トンネルのような道を進んだ。春夏の心配そうな視線がいつまでもついてきたが、やがてそれも感じなくなった。

さらに進むと、天井が消え、道が途切れた。その場で待っていると足元が赤く輝き、シュタイナーが沈み始めた。

『涯！』

「心配するな。大丈夫だ」

何の確証もなかったが、涯はそう答えた。シュタイナーが沈み込んだのは、ねっとりとした水のような場所だったが、呼吸に問題はなかった。

どこまでも沈んでいき、ここには底がないのではないかと疑い始めたとき、シュタイナーは突然、空中に放り出されていた。

落ちる！

シュタイナーの腕にしがみつきながら足下を見ると、集がいた。周囲を目玉の化け物のような物に囲まれ、錐《きり》のような触手に貫かれそうになっている。

「綾瀬！」

『はい！』

皆まで言わずとも綾瀬は集の周囲に向かって弾丸をばら撒いた。

そのまま、集のすぐ脇に着地する。

『無事⁉　集！』

「綾瀬⁉」

「そうよ！　よかった、無事で……」

心から安堵しているのがわかる声。短い間にずいぶんと集に心を許したものだ。

涯は銃を抜き、背後から集に忍び寄っていた結晶枝を撃ち砕いた。

「……だから、おまえは放っておけないんだ」

涯、と集は嬉しそうに叫んだ。

「そうだ、傷は⁉」

「急所は逃れた。キャンサーの結晶に救われたみたいだな」

そう言うと、集はほっとしたようにぎこちなく笑った。だが、嘘だ。世の中そんなに上手くはいかない。急所は外れたが、致命傷ではある。しかしそれをいま言うつもりはなかった。

「……恙神涯」

怨嗟《えんさ》に満ちた声に涯は階段を見上げた。自分を憎々しげに見下ろす茎道修一郎と目が合い、涯は銃口を向けた。

「俺はこのときを待っていたんだ。あんたと――そして真名と対峙《たいじ》できるこの瞬間を！」

「もう遅い。運命は変わらん」

「変えてみるさ！」

涯は引き金を引いた。だがそれは、結晶枝に阻まれた。

「集、来い！」

手を伸ばし、集をシュタイナーの腕に引き上げる。

綾瀬はローラー移動をしながら枝の攻撃をかわしつつ、何とか階段へ近づこうとした。

だがその度《たび》に阻まれる。いくら銃で撃ち、砕いても、枝は無限に生えてくる。

『しまっ――』

いつの間にか床を這《は》って近づいていた枝に、シュタイナーの足裏のローラーが搦《から》め捕《と》られ、破壊された。バランスを崩し、シュタイナーは転倒する。涯は集を抱いて飛び降り、床を転がった。傷が開いたのが痛みでわかった。

顔を上げると、シュタイナーが結晶枝に貫かれ、侵食の痛みに綾瀬が悲鳴を上げた。

「ツグミ！　緊急ベイルアウト！」

『アイ！』

『涯！　まだ戦えま――』

リンクが切れ、シュタイナーのカメラアイが光を失っていく。直後、シュタイナーはバラバラに千切られ、四肢を周囲にばら撒いた。

涯と集は、結晶枝にぐるりを囲まれ、引くも進むもかなわぬ状況に陥った。

「螺旋の契《ちぎ》りをいまここに——」

ユウの声に踊り場を見ると、《はじまりの石》が解けてできた対《つい》の指輪が宙に浮いていた。赤い二重螺旋が、いのりと茎道、二人の腰を巡るように出現する。

（くそっ！）

急がなければ——涯は、集の肩を正面からつかんだ。

「集、思い出せ！　あの日の出来事を！　おまえは覚えているはずだ」

「あの、日……？」

「ロストクリスマスだ！　二〇二九年十二月二十四日、俺たちはおまえの新しい母、桜満春夏と初めてのクリスマスを過ごすために東京に来ていた。そして、俺はあの日、六本木の教会におまえを呼び出した。おまえの知らない真名について話すためだった。しかし、そこに来たのはおまえではなかった」

集の眉が顰められる。

そう。

真名には、集の知らない顔があった。集の前では天使のような女だったが、涯と二人きりになると、彼女はまるで悪魔だった。

しかし、そのきっかけを作ったのは自分だと、涯は自覚していた。

真名が集の唇を奪ったその日。

涯はそれを、庭から見ていた。その異常な行動と、そして、彼女の首にできていた斑点のような結晶を。

その夜、涯は真名を呼び出し、そして——真っ直ぐに訊いてしまった。

「真名……その斑点は、あの《石》からのウィルスだよね？《父さん》が言ってた。それは人を狂わすって。真名——君は集をどうしたい、の……？」

真名の様子が変わったのは、その時だった。

轟《とどろ》く雷鳴に負けないような声で叫び声を上げた真名に、涯は襲われた。力では敵《かな》うはずもなく、簡単に組み伏せられ、縛り上げられて転がされた。

「わたしはね、集と結ばれるの。誰にも邪魔はさせないわ。わかった？」

真名は、涯の喉を踏みつけて言った。

「……死んでいたあなたを生き返らせたのはわたし。だから、あなたはわたしの物。わたしが自由にしていい。そうでしょ？」

足が下がり、シャツのボタンがぶちぶちと千切れ飛んだ。

「あなたで練習してあげる。あなたの遺伝子は一ミリもいらないけど、集と結ばれるときに失敗したりしないために、壊れるまで練習台にしてあげる」

そのあとは真名の玩具だった。

集の見ていないところでなら、いつでもどこでも真名の玩具にならなければならず、そこに涯の意思は関係なかった。

涯は、親友にそんな思いをさせたくはなかった。だから真実を伝える決心をして、集を呼び出したのだった。

だが、あのときあの場所に現れたのは、集ではなく真名だった。

彼女は血のような真っ赤な目をして、

「トリトン？　わたしはあなたが好きだったのよ？」

そう言って、涯を銃で撃った。

だが、所詮は経験のない子供の腕。命中はしたものの弾は貫通し、内臓も傷つけなかった。それでも子供の体には凄《すさ》まじい衝撃だった。うつ伏せに倒れ、動けなかった。

その時、集が来た。

「……トリトン？　どうしたのトリトン!?」

集は真名を押しのけて涯にしがみついたが、体の下から流れ出た血に驚きうろたえた。

「……さあ、取って？　集」

そんな集に、真名はあやとりで作ったはしごを差し出し、微笑んだ。その笑顔は狂気じみていて、寒気がするほど美しかった。

「わたしたちの遺伝子で、新しい世界を創りましょう？　大丈夫、怖がらないで。楽しい

ことしましょう、集──」

その時、真名の肌が結晶化して、それがはがれて落ちた。

「来るな！　化け物！」

初めてキャンサー化を目《ま》の当たりにした幼い子供なら、当然の反応だったのだろう。だが、それが彼女を壊した。

真名は我に返ったようにうろたえ、ふらふらと立ち上がると後ろに下がった。

「ごめん……ごめんね、集……」

零《こぼ》れ落ちる涙もまた、結晶だった。

「けど、お姉ちゃんも怖いの……怖いのよ！　助けて！　このままじゃ、わたしがわたしでなくなる！　そんなの……そんなの、いやあああああああっ！」

彼女の叫びは、恐ろしいほどの規模のゲノムレゾナンスを引き起こした。街を丸ごとひとつ生み出すような共鳴現象を。

それが、ロストクリスマスに起きた、テロの真実だった。

それをダァトや茎道が見越していたのかはわからない。だが、ＧＨＱの動きはそうとしか思えないほど早かった。

「そして真名は、暴走する力で自分自身を壊してしまった」

涯の言葉に、集の顔つきが変わっていく。

「そうだ……あのとき、お姉ちゃんは僕らに助けを求め、僕らはそれに応えることができなかった。だから、涯はこう言ったよね？——僕は、強くなる」

「ああ」

「僕、忘れてた……僕は、忘れることで自分を守っていたんだ……」

「集……いまならわかるだろう？　俺たちにはやるべきことがある」

集は頷いた。

「お姉ちゃんの心を取り戻すこと」

「そうだ。やつらに無理やり目覚めさせられた真名を、もう一度俺たちの手で眠らせるんだ。あいつの悪意を《ヴォイド》の力で葬れ！」

集の足元に巨大なヴォイド・エフェクトが出現し、周囲の結晶枝を砕いて霧散させた。

その光はそのまま二人を包み込み、一時的な盾となった。

それは、記憶の鎖が解《ほど》け、集が新しい《王》のモードに入った証《あかし》だった。

「もう時間がない！　取り出せ、集！　俺の心を！　そして、取り出した《ヴォイド》を俺に渡せ！　今のおまえならできるはずだ！」

涯は、集の手を握った。

「この手を離さず、俺の胸から《ヴォイド》を取り出せ！」

集は頷き、涯の胸に向かって手を伸ばした。

う、と涯は呻《うめ》いた。

集が、入ってくる。

直《じか》に《心》をまさぐられるというのはこういうことなのか、と初めて理解した。

痛くて、けれど、気持ちがいい。

体の内側をぞろりと擦られる未知の感覚に体が震え、そして、自分の胸から黒く輝く巨大な一丁の銃が現れるのを、涯は見た。

気を失うことはなかった。間違いない。集の力は次のステージに進化した。

「これが、涯の心──」

「そうだ」

額に浮き出た珠《たま》のような汗を拭い、涯は自分の《心》を受けとった。

「行け、集。いのりを取り戻せ」

「わかった」

振り仰げば、茎道がいのりの指をむりやり、《はじまりの石》が変化した指輪の一対にねじ込もうとしているところだった。抵抗するようにいのりの体が震え、のけぞる。

ヴォイド・エフェクトが弾け、集は階段を駆け上がった。

「いのりーっ」

──集、誰を呼んでいるの？

辺りに真名の声が響き、集を目掛けて次々と結晶枝が襲い掛かる。だが、進化したヴォイド・エフェクトが触れることを許さない。

だがその枝は、涯には一本も向かっては来ない。

(やっぱり俺のことは無視か、真名……)

苦笑し、《銃》を構える。

(だが、意地でも俺の方を向かせてみせる)

照準をいのりに合わせ、涯は引き金を引いた。軽い振動と共に光弾が発射され、それはいのりの胸に吸い込まれた。細い体がびくんと震え、直後、背中から《剣》が飛び出した。

「馬鹿な!」

茎道が驚愕《きょうがく》した声を上げる。

「ヴォイドを強制的に出現させるヴォイドだと!? 人の心を引き出す銃か!」

(ああ、そうだ。貴様が作った、俺のヴォイドだ!)

集は茎道の脇を駆け抜けると同時にいのりの背中に回って《剣》を取り、いのりを固定していた結晶を一振りで砕いた。飛んでくる破片を、茎道は腕でよけ、たたらを踏んで下がる。

その隙を突き、涯も駆けた。一足飛びに踊り場を駆け抜ける。

「待て!」

茎道が追いかけようとするも、気を失ったままのいのりを抱いた集の手にした《剣》の

切先がそれを許さなかった。

す、とユウがそんな二人の間に割って入り、何故か茎道を向いた。

「退《ひ》きなさい、シュウイチロウ。あなたは失敗したんです」

「なにを――」

ユウの手が、とん、と茎道の額を突く。すると茎道は跳ねるように体を震わせてその場に崩れ落ちた。《ダァトの墓守》は涯が見ていることに気づくと薄く笑い、いのりを攫《さら》ったときに見せた転移空間を出現させ、茎道の襟首をつかんでずるりと後退した。

「……いずれまた会いましょう――《王》様」

太い眉の下で笑うように目を眇め、ユウは茎道と共にコキュートスから消えた。意味ありげな再会を予告する言葉に思考が乱れそうになる。

(よけいなことを考えるな!)

涯はそれを振り払い、ただ真っ直ぐに前を見た。心が揺らげばヴォイドも揺らぐ。

「真名!」

声を限りに、涯は自分の初めての女を呼んだ。自分の中に傷も痛みも悦びも刻み付けた、悪魔のような天使の名を。

結晶枝の先に付いた巨大な目玉が涯を向いた。

(やっと俺を見たか、真名!)

次々と枝が襲い来る。真名が自分を殺そうとしている。それは涯の胸に歪んだ暗い喜びをもたらした。この瞬間、真名は殺したいほど俺を見てくれている、と。

だが、まだ殺されるわけにはいかない。

涯は襲い来る結晶枝を適確に、あるいは撃ち、あるいは銃の台尻で弾いてかわし、階段を駆け上がった。

「真名っ!!」

叫び、繭《まゆ》のような結晶の檻ごと、中の彼女を抱くようにしがみつく。

その瞬間、檻の格子から棘が生えて体を無数に貫くのを、涯は鈍い痛みで感じた。ユウに斬られた傷の痛みを和らげるために多量に接種した麻酔のおかげで意識を保っていられた。そうでなければ痛みで脳が焼き切れていたかもしれない。

「涯!」

いのりを抱いたまま、集が階段を駆け上がってくる。

「俺ごと真名を刺せ、集!」

血を吐きながら、涯は叫んだ。

「どのみち俺は助からない!」

「でも!」

泣きそうな声で言い、集は子供のように首を振った。

涯はそんな旧友を見て、ふっと微笑んだ。

そう。これが桜満集だ。強さの中に決して優しさを忘れない、俺がなりたかった、俺が目指した男——どうしようもなく優しい王様。

（だが、俺がなれたのは、いいとこ《暴君》だ……人の心を操り、利用し尽くす）

涯は自分を嗤った。

嗤いはしたが、後悔はなかった。

（当然だ。俺は桜満集ではなく恙神涯——いや、《トリトン》なんだから）

集、と涯は友を呼んだ。

「……いまお前には、俺がどう見える？　子供の頃のおまえは決断力があって、勇敢で、強くて、俺はおまえのようになりたいと思っていた」

「涯、何を言って——」

「俺が目指したのは、おまえだ。だからおまえはいつだって俺の目指したおまえになれる」

だが俺になる必要はないんだ、という言葉を涯は呑みこんだ。

自分が最期に集にやれるものがあるとしたら、それは《希望》だった。しようと思えばできるのだという《希望》だった。

集が、自分の歪んだ鏡像である、《恙神涯》という作られた男のようになりたいと思っていることを涯は知っていたが、最期の最期で混乱させるようなことを言いたくはなかっ

たし、言う必要もなかった。

「集……あとはひとりでやってみろ」

涯は力の抜けてきた首をめぐらせ、檻の中で未だに眠る真名を見た。いつのまにか結晶枝の攻撃はやんでいた。

背中で、咽《むせ》ぶような声が聞こえた。

どこまでもやさしいやつだ、と涯は微笑み、

「早くしろ、集！」

その背中を叩くように、吠えた。

「俺を無駄死にさせるのか！」

「う、うわあああああああああああああっ！」

集が叫び、涯は背中に軽い衝撃を感じた。《いのり》が体の内側を擦っていく。だが、もう痛みは感じない。

腹から切先が飛び出し、檻の格子に触れた瞬間、真名を包んでいた結晶枝は粉々に砕け、彼女が作り出していた六本木フォートという《ヴォイド》の崩壊が、その瞬間、始まった。

「涯いいいいいいいっ！」

集といのりは抱き合ったまま、ヴォイド・エフェクトに護《まも》られながら崩壊の渦に呑み込まれて見えなくなった。

だが、案じてはいなかった。新たな王のステージに上がった今の集なら、きっと無事に乗り越えられる。

「トリ、トン……？」

懐かしい声がして、涯は光に包まれた裸の女を振り返った。昔とちっとも変わっていない、綺麗な瞳がそこにあった。

「真名……やっとおまえに届いた……」

涯は、最期の力を振り絞って桜満真名を抱きしめた。きっと、自分たちはこのまま崩壊して塵も残らないだろう。

だが、それで構わなかった。

（ありがとう……）

心にはただ、深い——とても深い満足だけがあった。

ぽんぽん、と背中を叩く真名の手を感じて涯は一筋の涙を流し、ようやく母にめぐり逢えた迷子の子供のように、光の中で微笑んだ……。

＊

夜が明けていた。

六本木フォートは跡形もなく消え失《う》せ、まるでそんなものは初めから存在をしていなかったかのように、ただ広い更地が、どこまでも広がっていた。

その外縁に、集はいた。

いのりを抱き上げたまま、この街と同じように胸に深い穴を穿《うが》たれたような喪失感を抱いて、暖かい朝の太陽の陽射しを浴びて立ち尽くしていた。

そっと、いのりの手が頬に触れるのを感じ、集は彼女を見下ろしてぎこちなく微笑んだ。

「いのり……目が覚めたんだね……?」

「うん……」

小さくいのりはうなずいた。

「全部、見てたよ……涯はきっと満足してる……わたし、聞こえたの……ありがとう、って涯が最期に言ったの……」

「そっか……」

いのりの言葉は胸の穴に吸い込まれて消えていった。多分、涯の声は本当にいのりには聞こえたのだろうけれど、集は何も感じることができなかった。

それきり黙り、集はいのりと寄り添って死んだように街を見つめていた。

——風が吹いた。

何かが飛んできて足に絡みつくのを感じ、集は目を落とした。

……見覚えがある。

集はそれを拾い上げ、広げた。

「っ！」

それは、涯のコートだった。

穴だらけになってボロボロの、けれども確かに、彼のコートだった！

堰《せき》を切ったかのように、集の目から涙が溢れた。

（——涯っ！）

集は、子供のように声を上げて泣いた。

「……集……泣かないで、集……」

そう言ったいのりの瞳からも、とめどなく涙がこぼれ落ちていた。

集はあらん限りの力でいのりを抱きしめ、いのりもまた、集をかき抱いた。二人は涯を失った大きすぎる隙間を埋めるかのように、互いを強く抱きながら泣き続けた。

その声は、風に乗ってどこまでも遠く流れていった。


——美しい、レクイエムのように。

本書は書下し作品です。

TOKUMA NOVELS

ゆうきりん
ギルティクラウン
レクイエム・スコアII

2012年3月31日　初刷

発行者　岩渕　徹
発行所　徳間書店
東京都港区芝大門二－二－一　〒一〇五－八〇五五
電話　編集　〇三－五四〇三－四三四九
　　　販売　〇四八－四五一－五九六〇
振替　〇〇一四〇－〇－四四三九二
カバー印刷　近代美術株式会社
本文印刷
製本所　中央精版印刷株式会社

落丁・乱丁はおとりかえいたします

ISBN978-4-19-850908-8

までを完全ノベライズ！

もう、全部終わったんだよね——
お願い。——私も一人で立ちたいの。
決まってるだろ。
今回の僕らの任務は、皆殺しだ！
シュウに、あげる。私、の……
んだと、このヴォイド王子が!!!
もう何も恐れるものか!!
とり戻せないなら、
幾らでも犯してやるさ！
——罪を!!
最初から、王は俺だった。
アポカリプスウィルス大感染から二週間。
ライフラインが途絶え、各地で避難所生活が始まっていた。
天王洲第一高校では生徒たちが寄り合う。集は《王の力》を示すが——
ギルティクラウン
GUILTY CROWN
レクイエム・スコア III
判型：新書判（トクマ・ノベルズ）／予価：900円（税込）
2012年6月14日ごろ発売予定

アニメ本篇、第13話～第17話

汚れたこの右手を、
君だけが包んでくれたから――
著者：ゆうきりん
Illustrated by redjuice　©ギルティクラウン製作委員会

GUILTY CROWN Original TV animation plan
From October, 2011
I broadcast it in FUJI television "NOITAMINA"!
GUILTY CROWN 3 Blu-ray & DVD
CW01501733
特典
・CD:「GUILTY CROWN RADIO COUNCIL Undisclosed Version 01」
梶 裕貴さんと茅野愛衣さんがパーソナリティを務めるWEBラジオ未放送のパートを収録したCD、第一弾。
・animation artworks
アニメーション設定集(40P)
・エンドカード2枚(tanu、宇木敦哉)
・キャラクター原案redjuice
描き下ろしデジケース
・加藤裕美描き下ろし表紙12Pブックレット
※ゆーぽん4コマ(新規描き下ろしを含む計4本)ほか掲載。
限定版・通常版
共通特典
・オーディオコメンタリー
※出演:吉田尚記アナウンサー、中村悠一(涯役)
・ゆーぽん4コマフラッシュアニメーション
※公式サイトにて好評連載中の4コマの新規描き下ろし2本をフラッシュアニメーションにして収録!
・予告編ムービー
Blu-ray & DVD
シリーズ
好評発売中
ギルティクラウン
GUILTY CROWN
©ギルティクラウン製作委員会 ANIPLEX
http://www.guilty-crown.jp/